MARCOS REY

A sensação de setembro
Opereta tropical

MARCOS REY

A sensação de setembro
Opereta tropical

São Paulo
2010

© Palma B. Donato, 2008

1ª Edição, Editora Ática, 1989
2ª Edição, Global Editora, São Paulo 2010

Diretor-Editorial
Jefferson L. Alves

Gerente de Produção
Flávio Samuel

Coordenadora-Editorial
Dida Bessana

Assistente-Editorial
João Reynaldo de Paiva

Revisão
Maria Elisa Bifano
Tatiana Y. Tanaka

Foto da capa
Vlad Gavriloff/Shutterstock

Capa
Tathiana A. Inocêncio

Projeto Gráfico
Eduardo Okuno

Editoração Eletrônica
Antonio Silvio Lopes

Dados Internacionais de Catalogação na Publicação (CIP)
(Câmara Brasileira do Livro, SP, Brasil)

Rey, Marcos, 1925-1999.
  A sensação de setembro : opereta tropical / Marcos Rey – 2. ed. – São Paulo : Global, 2010.

  ISBN 978-85-260-1490-9

  1. Romance brasileiro. I. Título.

10-04000   CDD-869.93

Índices para catálogo sistemático:

1. Romances : Literatura brasileira   869.93

Direitos Reservados

Global Editora e Distribuidora Ltda.

Rua Pirapitingui, 111 – Liberdade
CEP: 01508-020 – São Paulo – SP
Tel.: (11) 3277-7999 – Fax: (11) 3277-8141
e-mail: global@globaleditora.com.br
www.globaleditora.com.br

Obra atualizada conforme o **Novo Acordo Ortográfico da Língua Portuguesa**

Colabore com a produção científica e cultural.
Proibida a reprodução total ou parcial desta obra sem a autorização do editor.

Nº de Catálogo: **3055**

A sensação de setembro

Opereta tropical

Vá e lute para que a vida não seja
impressa em dólares — *Wake and
sing!* — Cliford Odets

Admirável mundo novo que produz
criaturas assim! — *Tempestade* —
William Shakespeare

O que é, já foi, e o que há de ser
também já foi — "Eclesiastes" —
Rei Salomão

Honestamente, pelo menos por enquanto,
não percebo nenhuma relação entre o que
está acima e o que virá depois — Marcos Rey

1 – Versão aérea duma antiga pilhéria:
te gusta las flores?

O vaso, delicada peça de cerâmica doméstica, verde-musgo, com desenhos incaicos, bamboleou no peitoril da janela dum 13º andar, no antiquado ritmo de conga, precipitou-se no espaço cinzento da tarde paulistana, e adeus senhor Kremmelbein. Se ele usasse capacete, como é obrigatório aos mineiros e operários da construção, tudo bem, mas Ferd, industrial riquíssimo, patrão, e não empregado, felizmente não estava sujeito a regulamentos.

O impacto foi terrível apenas para o alvo: as pessoas que transitavam pela Augusta naquele ponto e momento, na pressa do cotidiano, não ouviram o som mortal nem viram nada mais que uma esparsa e tropical chuva de flores. O transeunte mais próximo de Kremmelbein, alguém em paz com Deus, flexionou elegantemente os joelhos, apanhou um cravo sobre a calçada, colocou-o à lapela e prosseguiu fagueiro, sem perceber que se tratava duma flor homicida.

2 – O penteado incompleto: seu marido está morto

Duducha estava no cabeleireiro, sob o secador, dominando o assento com suas banhas compactas, toda de amarelo como uma abóbora, quando um homem grandalhão, de tipo germânico, entrou no salão, atarantado, pondo-se a fixar os olhos, uma a uma, nas senhoras presentes.

O competente Mariinho, vendo um cavalheiro invadir seu estabelecimento com uma angústia inédita no sofisticado ambiente, abandonou por um instante a cabeça privilegiada duma freguesa e segurou a respiração. Seria aquele inopinado senhor marido traído duma bela da tarde que mentira ter ido ao salão? Ausência também se flagra, sabia o profissional, conhecedor dos cabelos e segredos de sua seleta freguesia.

O invasor, depois de provocar uma reação de surpresa em cadeia, estacou diante da pessoa procurada.

– Duducha!

– Hans, você! O Mariinho não é cabeleireiro unissex.

Era o irmão e sócio de Ferd, que combinava o louro dos cabelos com uma palidez de tragédia. Tentou ser mais sonoro que o secador:

– Saia debaixo disso, por favor!

– Não vá me dizer que tem um caso com o Mariinho. Um solteirão em sua idade sempre é coisa suspeita.

O homenzarrão voltou-se para o cabeleireiro:

– Desligue essa porcaria!

O artista puxou um plugue, ergueu o capacete liberando a cabeça de sua amada Duducha, que ouviu o cunhado ordenar:
— Venha comigo.
— Com os cabelos desse jeito?
— Ferd está no hospital.
— O que aconteceu?
— Caiu uma coisa do alto dum prédio na cabeça dele.

A esta altura, Mariinho, a manicure e duas freguesas já participavam do esquete como figurantes e harmonicamente esboçaram um sorriso em trio.

Duducha não sorriu, mas com uma pergunta revelou como andavam suas relações com o marido:
— O que foi, uma cuspida?

Em qualquer situação ela procurava impor sua marca, firmar seu estilo ou, em última instância, testar seu humor.
— Um vaso.

Vaso sanitário ou vaso de flores?, seria a próxima pergunta do esquete, porém o drama que Hans trouxera da rua não permitia outra gracinha.
— Ferd está muito machucado?
— Seu marido está morto.

E pela primeira vez uma freguesa saiu do salão do Mariinho sem merecer elogios pela excelência do penteado.

O enterro foi na manhã seguinte, quase majestoso, com todo o pessoal da fábrica, os mil amigos do casal, jornalistas e, no centro do evento, colhendo os pêsames, Duducha e seu filho Rudi (de Rudolf), rapaz de dezessete anos, ela num preto chique, lustroso, mais de boate que de funeral, ele com aquelas faces rosadas de bom sangue estrangeiro, mais surpreso que constrito ao se ver imprevistamente objeto de tantas atenções. E pouco atrás dos dois, com austeridade profissional de roupas e maneiras, fidelíssimo na vida e na morte, correto em qualquer ocasião, Olegário, o antigo mordomo dos Kremmelbein.

Quando o caixão desceu à tumba, sob a luz da manhã, todos aqueles olhos, com malícia e expectativa, fixaram o rosto rechonchudo de Duducha à espera duma prova mais concludente de sua dor, até então um tanto apática, na opinião cochichada da maioria. Decepcionando uns, a rotunda senhora, diante dum *flash*, produziu por compressão muscular uma lágrima singular, porque nascida num só olho, o esquerdo, que a fotografia, esperta, registrou.

Havia um dito jocoso que viajara do velório ao cemitério: fora Duducha quem atirara o vaso da morte na cabeça do marido. Aparentemente cruel, o chiste tinha seu motivo. Até os garçons dos clubes noturnos, sem falar do sempre bem informado Mariinho, sabiam que Ferd Kremmelbein estava com tudo pronto para entrar na Justiça com o processo de divórcio. O destino, porém, vigilante e parcial como sempre foi desde a aurora do mundo, tomou decididamente o partido de Duducha servindo-se do vaso.

À saída do cemitério, a viúva, para demonstrar que sentia profundamente a morte do marido, ou por mera curiosidade, deu uma ordem ao Olegário:

– Descubra quem foi o responsável pela queda do vaso.

– A polícia cuidará disso, madame.

– Confio mais numa investigação particular. A polícia às vezes falha e isso não pode ficar assim.

3 – Miau para o defunto

Stênio Rossi afinava o violino preparando-se para os ensaios da tarde no Municipal quando o gato Mozart, seu único companheiro de apartamento, saltou duma cadeira ao peitoril da janela, deu alguns passos fofos e desastradamente derrubou para a rua o já mencionado vaso, espécie de compromisso ecológico do músico. Incontinenti, o violinista, sem abandonar o instrumento, foi à janela, olhou para baixo e, apesar de nunca se ter adaptado bem aos óculos bifocais, teve a impressão de ver um homem estatelado na calçada. No minuto seguinte, Stênio já estava no lento elevador do edifício, com uma mamãe e seus três filhinhos, quando percebeu que na pressa e desnorteado levara o violino.

Já na rua, o artista viu algumas pessoas paradas olhando fixamente para o chão, onde um homem corpulento, meio calvo, vestindo terno marrom, parecia dormir. A primeira preocupação de Stênio foi encontrar o vaso, ou o que dele restasse, não porque fosse de estimação, mas por recear que o identificassem como propriedade sua. Despreocupou-se. A peça fragmentara-se em muitos pedaços, espalhados e chutados pelos transeuntes.

– O que aconteceu aqui? – perguntou a um homem que usava avental, cozinheiro ou ajudante de cozinha dum restaurante fronteiriço.

– Deve ter sofrido uma síncope.

Uma mulher sabia mais: apontou cacos de argila na calçada.

– Um vaso voou lá de cima.

O violinista olhou para o alto, já na primeira representação teatral a que o fato o forçava.

– Alguém viu de que janela?

Nenhum dos curiosos, em número crescente, soube responder. O artista usou então uma régua imaginária e fez um traço com lápis vermelho. O cidadão de marrom não caíra exatamente na direção de sua janela: o vaso percorrera seu caminho obliquamente, ou a vítima, tão distraída, só desabara na calçada alguns passos além.

– Ele está morto – ouviu dizer.

Embora não vira sangue, Stênio estava certo disso. Não porque tivesse examinado o corpo, mas porque tudo lhe acontecia de pior nas terças-feiras. No que dera suas intenções ecológicas! O importante, no entanto, era que não o culpassem do acidente, já que cadeia não fora feita para gatos. Sentindo-se, de repente, ridículo com o violino na mão e estando sem nenhuma vontade de tocar, resolveu voltar ao 13º. À porta encontrou o zelador.

– Alguém desmaiou. Deve ter sido o calor.

No apartamento, o músico precipitou-se em passar um pano molhado no peitoril da janela para eliminar marcas ou vestígios do vaso e depois foi à cozinha preparar um chá de cidreira.

Mozart estava lá.

– Viu o que fez? Tirou uma vida humana.

Apesar da dramaticidade da acusação, Mozart não se importou. Miou, pedindo leite.

Stênio não suportou, porém, permanecer no apartamento. Vendo, a cada gole de chá, pelos bifocais, crescer lá embaixo a roda dos curiosos, resolveu descer novamente, quando reencontrou o zelador.

– O homem já acordou?

– Que acordou! Está morto! Atingido por um vaso.

O artista despistou em forma de exclamação:

– Ainda bem que não deixo mais vasos na janela!

E juntos, na porta, viram quando o corpo na maca era levado para uma ambulância. O músico supôs que o veículo levaria também sua tensão, porém ela o acompanhou aos ensaios e passou a noite em sua cama. Sem poder dormir, a toda hora Stênio levantava-se para um giro pelo apartamento. Se bebesse, não resistiria ao desejo de embriagar-se. Infelizmente abstêmio, não podia dissolver no álcool o pavor de ser incriminado, nem sopra-lo com a fumaça porque também não fumava. Mozart, sobre uma decrépita poltrona do quarto, dormiu a noite de ponta a ponta, sem problemas de consciência.

Cedo, Stênio comprou três jornais e ficou bem informado. O infeliz chamava-se Ferd Kremmelbein, industrial. Ele e a mulher, dona Paulina, a queridíssima Duducha, eram figuras de proa da sociedade. Sua mansão, no Morumbi, cumpria anualmente todo um calendário de festas, a última fora a Noite do Tango, êxito total, garantiram os colunistas. O falecido deixara um filho, Rudolf, jovem demais para substituí-lo no comando da empresa, o que caberia a seu irmão Hans, sócio com menor número de ações. Havia, num dos matutinos, uma foto muito nítida de Ferd. Um rosto diz mais que qualquer resumo biográfico. Era a cara lisa, altiva, sem recalques, dum vencedor. A calvície não tinha nele nada de caricato: apenas um recuo capilar para dar mais brilho à cabeça e chamar melhor a atenção dos deuses.

O primeiro toque de campainha da manhã sobressaltou o músico. Era Leo Stein, seu aluno mais aplicado, que para aproveitar melhor as lições entrava mudo e saía calado. Naquele dia, contudo, desperdiçando o horário, preferiu fazer o papel da consciência do professor.

– Soube o que houve ontem aí embaixo? Um homem morto por um vaso de flores.

– Estava por acaso lendo nos jornais.

– Já pensou no que está sentindo a pessoa que deixou cair o vaso?

– Vamos à aula?

– Quando o zelador me contou, fiquei tão chocado que perdi a vontade de estudar. O que o senhor faria se fosse o culpado?

– Não sei dizer, precisaria pensar.

– Eu não precisaria: ia diretamente à polícia. Responsabilizava-me.

– Pode ter sido o vento que empurrou o vaso.

– Isso não retira a culpa do irresponsável. E a irresponsabilidade também merece castigo. Dirigir sem habilitação, por exemplo. Brincar com arma de fogo. Soltar balões. Deixar vasos e jarros na janela. Tudo isso é atentar contra o próximo, é expor a população aos maiores riscos. De acordo?

Quando a aula terminou, o músico, circulando pelo edifício, ouviu comentários sobre o acidente da véspera, nem todos com a fúria acusatória e dramaticidade de Leo. Para muitos, morrer na rua, com a cabeça achatada por um vaso de flores – justamente na promocional Semana do Verde – parecia anedota ou cena de chanchada. O protético do 3º andar, postado na portaria, chorava de rir ao saber do caso, e uma senhora grávida, inquilina, embora com mais discrição e pedindo perdões aos céus, também ria.

Chegara o dia de Ferd Kremmelbein, concluiu o professor. A morte apenas usara sua janela como pouso para operações. Chamou um táxi sem perceber que uma RP estacionava diante do edifício. Tinha um compromisso: como aprendiz de Raskolnikoff foi assistir ao badalado enterro do dia, porém ficou a distância, entre os túmulos, sem coragem para dar pêsames à família enlutada.

4 – Mais Stênio e mais susto

Ao voltar do cemitério, onde rezara pela alma do industrial (ele que era meio comunista e jamais sonhara em rezar um dia pela alma dum ricaço), Stênio preparava seu chá quando tocaram a campainha.

— O senhor é o maestro Stênio Rossi?

Dois homens, um fardado, policiais.

— Sou um simples violinista e professor — respondeu o dono do gato Mozart. — Os senhores são da polícia? — E sem escolher palavras, deixando o fluxo da mentira jorrar e encontrar seus próprios caminhos, adiantou-se lamentando a irresponsabilidade da pessoa que fizera o vaso cair. — Irresponsabilidade também merece castigo — ponderou usando até a voz metálica de Leo Stein. — Dirigir sem habilitação, por exemplo. Brincar com arma de fogo. Soltar balões. Deixar vasos e jarros na janela. Tudo isso é atentar contra o próximo, é expor a população aos maiores riscos. De acordo?

O policial à paisana dirigiu-se ao peitoril, onde colocou uma informação que trazia.

— Me disseram que o senhor também costuma ter vaso na janela.

— Ah, isso faz tempo... Era um jarrinho de porcelana que não devia pesar cinquenta gramas. Apenas meio copo de água e uma camélia.

— O vaso que matou o senhor Kremmelbein devia pesar uns dois quilos. Quase uma jardineira cheia de terra.

— Pobre homem! Já entrevistaram outras pessoas?

— Estamos fazendo isso há horas — disse o detetive —, mas ainda não descobrimos o culpado.

Nesse momento, o assassino, esgueirando-se pelas paredes, entrou na sala.

O tira ajoelhou-se e acariciou o insuspeito.

— Gosta de gatos, professor?

— Este é um pobre gato sem *pedigree* que me faz companhia. Querem chá, senhores?

— Obrigado, já vamos indo.

Aliviado, o violinista relaxou e fez uma pergunta:

— O vaso teria caído deste edifício? O homem morreu um pouco mais pra lá...

Ainda acariciando o felino, o detetive respondeu:

— Se houve impulso, caiu deste.

— Impulso?

— Sim, não se pode afastar a hipótese dum ato de pura maldade. Não seria o primeiro no mundo. Pequenos assassinatos... Matar por brincadeira. Para um psicopata é coisa mais prazerosa do que cuspir da janela ou atirar bolinhas de miolo de pão. Como se chama este veludo?

— Mozart.

— O mundo seria perfeito se fosse habitado apenas por bichos — filosofou o detetive. — Uma coisinha desta não mata ninguém. Adeus, professor. Esperamos não incomodá-lo mais.

— Lamento não ter podido colaborar.

Quando os policiais saíram, Stênio levou sua cara ao espelho do banheiro à procura de vestígios de suspeição. Não encontrou: a sua era apenas a cara dum homem mal remunerado. O caso encerrara-se. Pegou Mozart e ergueu-o.

— Espero que não torne a cometer atos antissociais — disse-lhe.

5 – A pasta de segredos militares

Rudi possuía uma pasta de segredos militares, assim mesmo rotulada na capa, sobre uma tira adesiva, onde colecionava os projetos ainda não executados, os mais complexos, que pretendia um dia produzir quando tivesse a fábrica. Por serem secretos, nunca eram exibidos a desconhecidos, nem mesmo nas constantes festas de sua mãe, quando Duducha, para desentocá-lo do quarto, tentava transformar o filho prodígio numa atração extra. Se ela insistia demais, recolhia-se a seu estúdio e não aparecia mais diante dos convidados. Uma das raras pessoas que tivera a pasta nas mãos fora o doutor Amarante, dito psicoterapeuta, ou assim apelidado, verdadeira sombra assalariada do rapaz, certa vez em que o casal Kremmelbein o convocara para apresentar uma espécie de relatório sobre Rudi, incluindo procedimento, tendências e esquisitices. Nem mesmo assim Rudi lhe permitiu levar a pasta para casa; teve de examiná-la sob seus olhos.

Amarante, que dizia ter fechado seu consultório para dedicar-se a Rudi em horário integral, procurava brilhar ofuscantemente nessas ocasiões, embora, cauteloso, nunca se referisse a resultados. Seu método consistia em detalhar práticas e conhecimentos psicológicos pouco ao alcance dos leigos, didatismo sempre dosado ou camuflado por um vivo entusiasmo. No tocante à pasta de segredos militares, Ferd exigiu maior objetividade: o que significava, que dados oferecia para a explicação da personalidade do filho – refletia algum retardamento na formação do rapaz? Amarante fez uma pausa para molhar a boca, falava melhor e mais coerentemente quando bebia, e respondeu que a pasta de segredos militares de Rudi "reunia fantasias geométricas reveladoras de firmeza de intenções, equilíbrio emocional e apreciável segurança manual".

Duducha, que descobrira e contratara o psicoterapeuta numa boate, ouviu jubilosa a explicação e cobriu toda a extensão peitoral do seu garoto com um longo e convulsivo abraço.

— Ouviu o que o doutor Amarante disse?

Rudi retomou a pasta das mãos do analista e guardou-a na gaveta menos exposta do estúdio.

— Fantasia geométrica é besteira.

— Mas isso é um elogio — Duducha insistiu. — Não é, doutor?

— O doutor não é técnico em material bélico — retrucou Rudi. — Nem teve a paciência de folhear toda a pasta. Meu míssil parabólico R-3X não é uma fantasia.

Sob a mira dos olhos do pai, da mãe e do filho, o doutor Amarante soube ser conciliador.

— Rudi tem razão: desenhos técnicos não são o meu forte. Mas o que vi deu para avaliar que aí está um homem de ciências exatas. Quem sabe um superdotado! Esses, porém, chegam a ser os que mais necessitam de acompanhamento. A psicologia moderna vem se preocupando muito com eles.

— Ouviu, Rudi. Você pode ser um super! — exclamou Duducha entusiasmada.

O unigênito não se impressionou, ainda magoado com a "fantasia geométrica". Não fosse o Amarante um dos prediletos do séquito de sua mãe, tentaria na primeira oportunidade atirá-lo na piscina com toda a sua carga de livros e tranquilizantes.

Quando o analista se retirou acompanhado por Ferd, Duducha reapareceu no estúdio com receio de que o sensível Rudi permanecesse aborrecido. Foi encontrá-lo deitado por inteiro no tapete, posição inevitável em suas depressões. Gorda, mas flexível, a mãe ajoelhou-se a seu lado.

— Não sou louco — ele murmurou.

— Mas quem disse que é?

— Faço projetos para a fábrica que você prometeu.

— Eu sei, a fábrica.

— Então, ela sai?

Duducha levantou-se para fugir fisicamente do assunto.

— Por mim já teria a fábrica, mas seu pai não quer entrar no ramo de brinquedos. Não emprega dinheiro no que não entende.

— Mas eu entendo! — bradou o prodígio, ainda no tapete, com um pequeno rio de saliva e motivos a escapar-lhe pelo canto dos lábios. — Sou projetista disso há cinco anos. Já li tudo sobre armamentos. Recebo publicações até da Rússia e da Checoslováquia!

— Há crianças que não apreciam brinquedos bélicos.

— São excepcionais, coitadas.

— E as meninas? Ainda não abandonaram as bonecas, Rudi.

— Tenho um projeto para bonecas explosivas. Quer ver? — perguntou o jovem, saltando de pé e já abraçando a fofura que sua mãe era.

A súbita afetividade de Rudi às vezes assustava Duducha.

— Bonecas que matam?

— Ora, mãe! Apenas espalham fumaça perfumada.

— Que alívio, meu geninho!

Rudi tinha mais a dizer:

— Meus projetos não são mortíferos porque seriam produzidos com material adequado. Mas, um dia, quem sabe, produzirei armas de verdade. Guerra sempre haverá. Fale outra vez com papai.

— Me dê algum tempo.

— O doutor Amarante seria meu gerente.

— Um psicoterapeuta?

— Devem servir para alguma coisa, não?

Duducha beijou o filho no rosto.

— Enquanto aguarda, concentre-se também nas tais análises gramaticais para não repetir o ano.

Rudi lembrava-se palavra por palavra, gesto por gesto, desta promissora e coloquial cena no estúdio. Ainda não progredira nas análises, porém a situação familiar mudara muito nos últimos dias. O pai, que ele mais identificava como o marido da mãe, fora atingido por um míssil e morrera. O caminho para a fábrica estava aberto, a não ser que Hans, o tio, opusesse resistência. Mas confiava na mãe e naquela coisa sadia, inconsequente, que os amigos da casa chamavam "as loucuras da Duducha". A fábrica podia ser uma delas. Esperançoso, no conforto do estúdio, onde o silêncio estimulava a criatividade, Rudi sentou-se à prancheta com um grosso lápis à mão para bolar mais um projeto da pasta de segredos militares.

6 – Outra pasta de segredos – não militares

Duducha sentou-se pela primeira vez na imperial poltrona de couro, diante de uma mesa maciça e pesada, tão apropriada para decisões importantes que, mesmo se a presidenta estivesse nua, não perderia a dignidade. Estava na diretoria da F & H Kremmelbein, dividida em duas alas, a dela e a de Hans, que preferia passar a maior parte do dia entre os operários. A viúva sabia que ia ocupar o posto apenas com as nádegas, não pretendendo dirigir coisa alguma. O escritório marcaria simplesmente uma etapa diária para que o cunhado nem pensasse em roubá-la. Por outro lado, sua presença se fazia obrigatória para assinar documentos, cheques e figurar nas reuniões mais decisivas. Faria tudo com postura de executiva, mas sem franzir a testa, hábito responsável pelo surgimento de rugas, e sem perder a hora no Mariinho.

O espírito ordeiro, a disciplina germânica de Ferd, sua alma de gelo estavam naquele escritório, no todo e nos detalhes, onde a sobriedade não deixava espaço para o luxo. Nada havia ali de frágil ou meramente decorativo, sendo sua beleza e imponência uma consequência lógica da harmonia de volumes. Já de posse das chaves, Duducha foi abrindo as gavetas sem nenhuma curiosidade mórbida. Pastas, agendas, relatórios, cada coisa em seu lugar – o falecido detestava confusões e amontoados. Perguntou-se de repente o que determinara a decisão inabalável de Ferd. Por que um homem tão voltado ao trabalho, sem imaginação nem para fins de semana, resolvera divorciar-se não acusando a menor mudança anterior de atitudes? Até o dia em que lhe comunicara sua resolução, que parecia o resultado duma reunião de diretoria da F & H, Ferd jamais se queixara de sua vida conjugal.

Outra mulher? Nada sobre isso transpirara.

Duducha concluía que era um enigma que fora enterrado com os ossos do marido quando, lá no fundo da gaveta, escondida como a dos segredos militares de Rudi, seus dedos gorduchos e inquietos tocaram uma pasta. Retirou-a: verde. Nenhuma informação etiquetada na capa.

Nesse exato momento entrou na sala da herdeira da presidência, com uma pressa sob controle, embora o peito lhe arfasse, uma jovem e impetuosa nissei, com tudo para ser Miss Bairro da Liberdade, bela e elegante, a pisar firme e duro. Vendo a pasta nas mãos da patroa, parou, desfechou um sorriso curto e protocolar sem mostrar os dentes e apresentou-se:

– Sou Glória Watanabe. Fui secretária do doutor Ferd.

Duducha ignorava que Ferd tivera uma secretária jovem, bonita e nissei.

– Prazer, senhorita. Que cargo tem agora?

– Estou deixando a firma.

– Lamento. Posso fazer algo por você?

Glória, mais nervosa parada que em movimento, avançando, disse:

– Acho que não. Apenas queria essa pasta.

Duducha olhou a pasta como se sentisse sobre ela o peso do olhar concentrado da senhorita Watanabe, ansiosa por tomar o bastão e correr com ele pela pista na tentativa de dar à sua equipe novo recorde de revezamento.

– São documentos? – quis saber a rotunda chefona no limiar duma enorme desconfiança.

– São.

– Se está de saída, por que precisa da pasta?

Enquanto a ex-secretária tateava com a língua uma resposta plausível nos intervalos permitidos pela sua respiração já ofegante, os dedos de Duducha, no seu ritmo de boa jogadora de cartas, soltaram os elásticos das pontas da pasta. Após um olhar de relance à nipônica, de baixo para cima, retirou da pasta o pouco que nela havia para ver. E o que era? Retratos. Apenas três fotografias grandes, coloridas, em poses diversas: lateral, frontal, traseira – nus duma mulher.

– A senhora me dê isso!

Com um vagar de sala de espera de dentista, Duducha examinou as três fotos, sem nenhuma contração facial nem emissões sonoras. Estava diante dum corpo esbelto, exposto sem pudor, com uma sensualidade nada profissional de quem sai do banho, ou duma menina que se despira para refrescar-se na chuva no quintal. Ignorando a objetiva, o nu para ela não passava dum acaso saudável, sem intenção de afronta ao pudor ou exibicionismo. Flagrada pelo buraco da fechadura, a malícia coubera exclusivamente ao olho e dedo do fotógrafo. Na véspera da inveja, pois jamais tivera aquele corpo, Duducha, porém, ainda mantinha o equilíbrio que seu posto na empresa exigia.

– Essas fotos foram batidas pelo nosso Departamento Médico?

– A senhora quer me dar essa pasta?

– Se ela lhe pertence, como veio parar aqui?

Glória Watanabe não esperou mais: num bote de cobra retirou a pasta das mãos da presidenta, para depois responder:

– Doutor Ferd que me obrigou a posar. Foi num domingo.

– Ah, então, que mal há nisso? Não foi em dia de trabalho.

Com dificuldade tátil a nissei recolocou as fotos na pasta e fechou-a com os elásticos em dois irritados estalidos.

– Ele já morreu. O que adianta falar disso? Além do mais, estou de saída.

– Pena que nosso convívio foi tão breve – lamentou Duducha. – Na verdade, conheço-a melhor através de fotografias. Esteja à vontade.

Glória voltou as costas e foi socando o assoalho com seus saltos, provocando um eco enclausurado no corredor que se prolongou tempo suficiente para que a vítima das fotos, a esposa ultrajada, tomasse uma resolução. Pegou o telefone e discou.

– Olegário, você ainda não descobriu nada sobre a pessoa que derrubou o vaso?

– A polícia desistiu de investigar. Mas tenho novidades.

– Tem mesmo?

– Com toda a certeza.

7 – Bruna Maldonado e seu sorvete erótico

A morte do pai de Rudi, como foi dito, acentuou no jovem a esperança de ter um dia, quem sabe próximo, sua fábrica de brinquedos militares, mas a febre dessa possibilidade não o afastava do trabalho. Vivia entre a prancheta, no estúdio, e o barracão do fundo do quintal, onde montara a oficina. Ali, com madeira, plásticos e placas de metais variados, que o mordomo ia buscar na F & H Kremmelbein, Rudi materializava seus projetos. Um dos mais bem-

-sucedidos, inclusive esteticamente, era um cruzador de seis quilos, movido a vapor, capaz de disparar mísseis e acertar alvos a vinte ou trinta metros de distância. O alvo móvel preferido era um destróier, o mais rápido da esquadra de Rudi, o que não o salvara, no entanto, de sucessivos naufrágios.

Pelo menos uma vez por semana Rudi alinhava sua esquadra na piscina para manobras, tarefa que lhe ocupava toda a manhã. Duducha, nessas manhãs, preocupava-se muito, pois um míssil já quase cegara o almirante, além do perigo do sol, quando contínuo e abrasador. Certo dia de manobras, para salvar o herói de morrer afogado, Olegário teve de atirar-se ao oceano clorado de Rudi juntamente com uma bandeja, seis copos de gim e uma dúzia de deliciosos canapés.

As manobras tinham vigilantes, a própria Duducha e o mordomo, mas espectador apenas um, a doméstica Claudete, mulatinha adolescente, de olhares espertos, muita graça no caminhar e relevos ondulantes. Sempre que o herdeiro se dirigia à piscina com os navios, ela dava um jeito lerdo de ficar por perto, com a vassoura, tentando entender e curtir aquela forma rara de entretenimento. Para Claudete, o cliente milionário do doutor Amarante era um mago, um inventor ou um desses loucos divinos que ficam na História. Quando o via comandar a esquadra, apertando botões de controle remoto, de fora ou de dentro da piscina, disparando mísseis, não se continha e batia palmas com vigor e entusiasmo.

Ao ouvir os aplausos, em certa manhã em que tudo dava certo, o almirante, usando uma viseira transparente devido ao sol excessivo, comentou:

— Viu como o cruzador acertou o destróier? Se a ogiva fosse mais pesada, ele ia pro fundo.

— Como é que faz essas coisas?

— Sou um projetista – disse o moço orgulhosamente. – Viu aquelas pastas no estúdio? Lá nascem as ideias.

— Você é superbacana! — exclamou Claudete, a abrir a boca toda, exibindo um festival de dentes perfeitos.

Animado por ter alguém que apreciasse suas miniaturas náuticas, Rudi passou a avisar a doméstica quando era dia de manobras ou batalhas navais. Para Olegário era tranquilizante, porque assim o herdeiro não estaria só. Floresceu dessa forma um relacionamento alegre entre o jovem Kremmelbein e a responsável pela área verde da casa, amizade que começando na piscina, estendeu-se ao estúdio, chegando, depois, à oficina, no extremo sul da mansão. Certamente a doce mulatinha não vibrava diante dos desenhos da pasta, embora os olhasse respeitosamente. Difícil penetrar na fase menos material da coisa. A intimidade entre os dois empinou melhor na oficina ou fabriqueta, onde Claudete passava horas ao lado do moço louro, vendo-o respirar forte, suarento, a serrar e a martelar. Esse serviço braçal, operário, ruidoso e exaustivo aproximava os dois. Se no estúdio Rudi era o técnico, o mágico, na piscina, o grã-fino excêntrico protegido pela água, na oficina era apenas o rapaz de mãos sujas e cabelos caídos na testa, democratizado pela serra e pelo martelo.

Rudi, a despeito de estar sempre a centímetros da pele macia de Claudete, a ponto de sentir o perfume francês que ela devia roubar de sua mãe, não ficava aceso. Apenas travava contato com o sexo no universo da madrugada, quando ele e um ser feminino não identificado viajavam de asa-delta sobre os mais altos edifícios da cidade. Aí, sim, depois de longo passeio entre coberturas e antenas acontecia qualquer coisa estranha, um zigue-zague impremeditado, seguido de perda de altura, uma ameaça de parafuso mortal, e então acordava. E até que amanhecesse ficava tentando descobrir quem era a misteriosa companheira desses voos e que manto, máscara ou barreira dificultava a identificação.

Duducha ainda não gastara um minuto para pensar na vida sexual do filho. Antes projetos e armas que doenças venéreas. O doutor Amarante, responsável pela normalidade do infante, reprovava tal desinteresse. Para ele, os hábitos reclusos de Rudi, sua apatia às seduções da idade eram sintomas dum desajuste sexual ou dum infantilismo que a mais elementar psicologia detectava.

– Conhece esta revista? – perguntou o psicoterapeuta a Rudi, entrando no estúdio com a pergunta armada mas aparentemente sem intenções.

O riquíssimo cliente do doutor Amarante assinava inúmeras revistas. Supondo tratar-se de mais uma sobre mecânica, eletrônica ou da doméstica *Do it yourself*, largou o lápis na prancheta.

– Qual é?
– A *Star*.

O unigênito de Duducha encarou o doutor sem perceber que aquilo era um teste para iniciar nova etapa de sua adaptação e ajustamento etário. Amarante sempre dizia que Rudi, sem ser retardado, estava ficando um pouco para trás. Superdotados também se retardam. Sua tarefa naquela casa era apressar o desenvolvimento total de Rudi, fazer que saísse da puberdade inteiro e com todas as convicções e fraquezas da mocidade. Já estava na hora de viver seu primeiro amor, garantira a Duducha: nenhum homem amadurece antes duma grande paixão inicial. Não importa se bem ou malsucedido. Só o amor libera todas as potencialidades do ser humano. Nosso Rudi não pode perder esse trem.

– Conheço a revista. Os artigos são muito elevados para mim – disse o garotão humildemente.

– Não me refiro aos artigos – replicou o doutor. – O que há de melhor aqui são as fotos. As moças mais bonitas do mundo. Neste número saiu uma tal Bruna Maldonado, que faz qualquer homem ter sensação de enfarte.

— O senhor sofreu essa sensação?

— Por que não? Sou homem igual aos outros.

— Mas é um psicoterapeuta!

— E daí, caro Rudi? Uma mulher bonita perturba tanto um terapeuta quanto um físico nuclear ou um entomologista. Nenhuma profissão faz restrições ao sexo.

— Parece que ainda tenho muito a aprender — admitiu Rudi, retomando o lápis.

— Veja esta *playmate*!

— Ver quem?

— A Bruna Maldonado, a escolhida do mês. Espero que aprecie ao menos o capricho do fotógrafo.

Amarante abriu a revista na página certa, já com o dedo industriado, mostrando a foto esplendorosa duma loura totalmente nua, sobre um fundo vermelho, a chupar gulosamente um sorvete com a forma do órgão sexual masculino. A modelo, porém, ignorando o embuste erótico, mantinha certa candura nas expressões e no ato, fixada no prazer do gelado.

— Já vi — disse o rapaz com pressa de voltar aos desenhos.

— O que sentiu?

— A tal sensação de enfarte é imediata?

— Nem sempre.

— Estou sem tempo para esperar, doutor.

Amarante sorriu duma forma sarcástica para impregnar o ambiente de certa canalhice sexual, mas o fez sem convicção nem arte.

— Ao menos acha atraente a senhorita Maldonado?

— Admirei o fotógrafo. Deve ser competente.

— Chama-se Ivson.

— Que tipo de máquina teria usado?

— Não sei.

— Como disse mesmo que se chama?

— Bruna Maldonado — repetiu o psicoterapeuta com novas esperanças.

— Não, o fotógrafo.

— Ivson — repetiu o orientador, decepcionado. — Vou deixar a revista com você. Veja também as outras fotos. Há uma sueca, aí, nua dentro dum sarcófago, de tirar a respiração.

Rudi, logo à saída do doutor, retornou à prancheta, mas acabou apanhando a revista e foi abandonar-se com ela num pufe. Procurou a sueca. Lá estava ela, nua e imóvel! Diabo, onde teriam conseguido aquele sarcófago?

— O que você está lendo?

O moço ergueu os olhos e topou com Claudete, usando *jeans* desbotados e sem a discriminatória vassoura. Imediatamente, com as duas mãos, tapou a nudez da sueca, num reflexo de irmão puritano.

A tropical criatura, diante do gesto de Rudi, foi empurrada pela curiosidade até o pufe.

— Que revista é?

— Dessas só para homens.

— Como as que seu pai comprava? – perguntou Claudete com um brilho malicioso na ponta do nariz.

— Sim – confirmou Rudi com um pudor abrangente a toda família.

— Posso ver? – muxoxou Claudete interrogativamente.

O projetista hesitou um instante e depois foi retirando as mãos da página, centímetro por centímetro, a revelar a nudez da múmia sueca. A doméstica, atrevendo-se, apropriou-se da revista e pôs-se a folheá-la, dobrando as pontas das páginas, na pressa incontida de ver tudo. Apenas deteve-se ao chegar à página dupla, a de Bruna Maldonado, quando abriu e arredondou a boca como se a compartilhar com a *playmate* o sabor crocante do sorvete. Ao chegar ao fim da revista atirou-se sobre a prancheta e bocejou longamente, emitindo uma sonoridade que parecia um cântico de amor ou um chamado de guerra africano.

— Gostaria de posar assim – disse a mulatinha depois de seu quente bocejo.

Espanto de Rudi:

— Teria coragem?

— Se eu fosse loura – explicou Claudete lamentosamente.

O mesmo espanto com nova expressão:

— Se fosse, posaria?

— Mas onde arranjaria um sorvete como esse?

O diálogo poderia ser extenso, mas Claudete nunca permanecia muito tempo no estúdio sem a vassoura ou o espanador. Toda justa dentro dos *jeans*, o que era mais evidente por trás, caminhou até a porta, desenhou com a mão um adeus, sem se voltar, e integrou-se no silêncio colorido da mansão.

Rudi guardou a revista na mesma gaveta reservada à pasta de segredos militares.

8 – A visita da gorda senhora

Stênio Rossi abriu a porta do apartamento crente que o dedo na campainha era de Leo Stein. Desde a visita da polícia e dos afagos no gato voltara a respirar a plenos pulmões, já sem tanto chá de cidreira.

Assim que o violinista abriu a porta, Duducha foi entrando com o impulso de quem tivesse uma centena de metros a percorrer, mas estacou logo, diante duma escultura em madeira: o nu de protuberâncias exageradas duma mulher negra. Chocada pela vulgaridade comercial da estatueta, a invasora rodopiou um olhar pela sala do apartamento toda atravancada de móveis que variavam das vetustas cadeiras de palhinha a peças da chamada linha funcional moderna. O senso crítico da viúva, bebido com o leite materno, registrou em exclamação: — Maravilhoso! Afinal, nenhum estilo!

— Seu nome é Stênio Rossi? — perguntou só para confirmar, e sem esperar resposta acendeu um cigarro comprido, foi à janela, abriu-a e permaneceu alguns instantes a olhar para baixo, como se a calcular quantos metros separavam o peitoril da calçada.

— A senhora me conhece? — indagou o artista entontecido pelo perfume da visitante.

O interesse da viúva transferiu-se para o violino sobre um *étagère* preto, refletido num espelho oval coalhado de gotículas esbranquiçadas. A seu lado Stênio lembrava uma figura de cera em tamanho natural.

— O senhor é violinista?

— Toco no Municipal e dou aulas particulares.

Levada por uma curiosidade extra, Duducha perguntou:

— Casado?

— Já fui casado, mas minha mulher me abandonou quando ainda éramos moços.

Sentando-se numa daquelas execráveis cadeiras de palhinha e fitando o professor com a atenção concentrada de quem chega atrasado a uma sessão de cinema, Duducha informou:

— Sou viúva. Meu marido chamava-se Kremmelbein. Ferd Kremmelbein.

Ferd Kremmelbein — ele repetiu com a angústia fabricada dum participante do programa *O céu é o limite* que fingisse sofrer um lapso de memória. — Ferd... Parece que ouvi o nome.

— Ele teve o crânio fraturado por um vaso.

— Sim?

— Quando passava nesta rua.

— Ah!

— Debaixo de sua janela. O senhor gosta de flores, não, professor?

O violinista olhou através da visitante como se ela fosse transparente e num desvalimento total deu alguns passos bambos e tateou o instrumento com as pontas dos dedos, já antevendo um pedido de autorização para poder tocar na cadeia.

— Se gosto de flores?

— No momento não há nenhum vaso no peitoril de sua janela, mas que mal há em gostar delas? Eu não passo sem minhas rosas e não me abalo nem um pouco se me fazem a mesma pergunta.

O artista destampou uma moringa e encheu um copo de água, que não bebeu: a sede já tornara evidente sua culpa.

— A polícia esteve aqui, perguntando no prédio, e não localizou o responsável.

— A polícia, não, Olegário, sim.

— Olegário?

— Meu mordomo. Andou interrogando pelo quarteirão.

— Há vasos em muitas janelas. A maioria os retirou, depois do acidente, e os colocou novamente. Venha comigo à janela.

Duducha não se levantou da palhinha. Portava-se como uma jogadora de xadrez que registrasse o lance errado de seu oponente e falou no tom decisivo de xeque-mate:

— Apenas o senhor não tornou a colocar o vaso no peitoril.

O violinista retornou para perto de Duducha, curvado, trazendo às costas sua culpa. Mesmo assim, resistiu.

— Não sou tão inconsequente como os outros...

— De que cor era o vaso que tinha na janela naquele dia?

— Não lembro.

— Então tinha um vaso. Não seria de cor amarela?

O artista sacudiu a cabeça dando ação e convicção à sua negativa.

— Amarela? Não, era verde, estou quase certo.

— Quase certo ou certo? — perguntou Duducha como se a absolvição dele dependesse exclusivamente desse detalhe.

— Verde — ele garantiu, curado, subitamente, de sua amnésia.

Duducha abriu uma elegante bolsa de verão e dela retirou um caco verde de material grosseiro, que reteve na mão espalmada.

— Tem razão, verde.

O violinista, nocauteado de pé, sem expressão no rosto e quase sem voz, confessou.

— Foi Mozart quem empurrou o vaso.

Duducha dessa vez viu um demente diante dela.

— Mozart? O espírito de Mozart? É o que quer dizer?

— Não, madame.

— Mozart... pessoalmente?

— Mozart é meu gato.

A viúva olhou para o chão como se desejasse incontinenti conhecer tal personagem.

— Não vejo gato aqui.

— Está no solário, onde o levo sempre para tomar sol. Quer que vá buscá-lo?

— Deixe-o lá – disse a visitante. – Não vai tomar água? Sabia que há uns vinte anos não tomo água de moringa? Lembro o gostinho de barro. São coisas que ficam.

Stênio, não preocupado com esse tipo de reminiscências, perguntou desafinando, ele que não perdoava desafinações:

— Vai dar parte na polícia?

— O quê, maestro?

— Perguntei se vai dar parte na polícia? – repetiu Rossi.

A viúva Kremmelbein levantou-se e estendeu-lhe sua mão de paina.

— Tive muito prazer em conhecê-lo.

— A senhora disse prazer? – admirou-se o músico com a grata surpresa de um condenado à cadeira elétrica que vê sua pena comutada devido a uma greve nas centrais elétricas.

Duducha encaminhou-se até a porta, deixando atrás de si perfume e reticências.

— Também gosto de música – informou, sacudindo a cinza persistente do cigarro.

— Já vai? – perguntou o violinista ao gordo fantasma que se retirava.

— Com a morte de Ferd me tornei uma mulher muito ocupada – ela lamentou.

— Não sei o que lhe dizer – confessou o professor. – Me sinto como se tivesse matado seu marido. Se a polícia tivesse me incriminado teria me jogado pela janela...

— Não no momento em que passasse alguém, maestro...

— Impossível suportar a prisão. Sofro de úlcera duodenal.

— E o pior lá devem ser as más companhias. Gente pouco refinada naqueles uniformes de tão mau gosto. – Abriu a porta mas não saiu, detida por uma ideia que valia um sorriso. – Aqui está meu cartão e também...

— Senhora....

— Fique com o dinheiro e compre um bocado de trufas para nosso Mozart.

Na rua, Olegário já esperava a patroa com a porta do Mercedes aberta. Duducha lentamente acomodou todo o seu corpo rotundo no banco traseiro. Parecia satisfeita.

— Tempo perdido – disse ao mordomo-detetive. – O pobre músico estava viajando quando o maldito vaso matou Ferd. E o dele, um verde, estava ali, na sala, inteiro. Boa pessoa, o maestro!

— Devo continuar investigando?

— Esqueça, Olegário. Quem derrubou aquele vaso pode ter sido o próprio Deus. E como indiciá-lo?

Stênio olhava ora para o dinheiro que a viúva lhe dera (suficiente para alimentar Mozart por um mês), ora para a porta do apartamento. Não entendera nada de nada da mais estranha visita que recebera na vida.

Por que a investigação se tudo resultara num belo almoço para o gato? Algum tipo de chantagem? "O senhor matou meu marido e me mantive calada. Agora terá de fazer isto para mim. De acordo, maestro?" Ou teria agido assim por pura gratidão. Quem sabe o vaso a livrara dum chato e a fizera herdeira de milhões? Nesse caso estaria sendo até pouco generosa... Tentou esquecer a visita, porém o perfume que ficara não lhe permitia.

9 – Para Rudi a mesma mola que beneficiara o pai

Duducha participara duma reunião da diretoria da fábrica, comandada pelo cunhado, na qual exercera uma bela função decorativa, graças ao seu luxo e aos sorrisos que soube distribuir aos chefes de departamento. Mas, a despeito de nada ter opinado, indiferente aos problemas da empresa, voltou para casa com ar de canseira, desgaste causado pela visita ao violinista. A impressão era de que estivera cara a cara com o destino, já que Mozart fora mero instrumento detonador.

Doutor Amarante aguardava Duducha no *hall* para falar-lhe de Rudi, submetido agora a novas diretrizes comportamentais.

— Boa tarde! — cumprimentou-a o orientador. E aduzindo seu elogio do dia: — A senhora está com ótima aparência!

— Estou é exausta. Não sabia que era tão extenuante dirigir uma indústria! Todos falam ao mesmo tempo e nada se conclui. Vamos para o escritório.

Duducha ainda não se habituara a receber ninguém no escritório, território que pertencera a Ferd. Agora, como mãe e pai de Rudi, tornara-se um ambiente adequado. Estreando o bar do falecido, serviu uísque puro para o doutor Amarante e um *cherry* para ela. Andava abusando do álcool. Mas já que se morria andando tranquilamente pela rua, sujeito a bombardeios florais, por que temer tanto uma cirrose?

— Estive com Rudi, dei o primeiro passo.

Duducha ainda estava confusa devido à reunião.

— Que passo, doutor?

— Falo do reajuste sexual de Rudi. Chegou o momento de ele substituir a pasta de segredos militares por novos interesses. Outros rapazes evoluiriam normalmente, mas ele está precisando dum empurrão.

— Qual é o plano, doutor? Apresentar-lhe uma prostituta?

— Ainda não. Dei-lhe uma revista *for men* e tentei mostrar-lhe os encantos da moça das páginas centrais.

— Foi bem-sucedido?

— O importante era plantar uma semente, e plantei-a.

— Ele não ficou envergonhado? É um garoto muito decente.

— Não falei como psicoterapeuta, mas como simples leitor da revista, um amigo que quer dividir com ele o mesmo prazer. Fiz que percebesse que o homem incumbido de orientá-lo é uma pessoa comum, exposta a fraquezas. Se for tentado a imitar-me, natural nesses casos, logo estará com muitas revistas dessas na gaveta e será meio caminho andado.

— Julga importante que tenha em breve relações sexuais?

— O sexo representa o ingresso na vida adulta, dona Duducha. Antes da primeira experiência continuará a ser um garoto.

— Uma única revista poderá lhe dar o tal empurrão?

— O ideal seria que recebesse por via óptica uma dose maciça de sensualidade. Rudi disse que seu pai assinava essa revista, naturalmente interessado nos artigos sérios que ela publica. Teria, ainda, a coleção?

— Não sei, nem lembrava disso. Posso procurar.

— Se encontrar, entregue-me. A coleção será pra Rudi como um curso de madureza sexual.

Assim que o psicoterapeuta saiu, Duducha começou a abrir gavetas à procura das revistas. Logo encontrou uma dúzia delas, não escondidas como as fotos da atrevida nipônica. Pôs-se a folheá-las e muito antes de cansar os dedos já duvidava que fora por causa dos artigos que seu marido se tornara assinante. Fixando os olhos numa ninfeta totalmente nua que podava a grama dum jardim com aparador presumiu que foram visuais como aquele os responsáveis pelos desvarios sexuais do falecido. Ao ver tantas fotos, Ferd com certeza não resistira à vontade de também tirar fotografias, qualquer coisa como congelar momentos. Ele, que só pensava na fábrica.

— Mas houve uma ocasião em que esqueceu a fábrica e os negócios — disse, sim, disse a viúva, em voz alta, deslocando para dezoito anos atrás o fulcro de suas recordações.

A então Paulina M. (nem queria lembrar do sobrenome um tanto cacofônico), que havia perdido o pai, contador de uma fábrica de louças, trabalhava numa clínica de doenças gerais, como secretária, e à noite estudava inglês, na esperança de conseguir emprego mais rendoso. Moça bem-comportada, amante de borboletas e colecionadora de agendas raras, seu único defeito era abusar de doces e queijos, explicação dos quilos e dobras que sempre tivera a mais. A princípio seu apelido fora Gorducha, mas na versão dadaísta dos amigos de infância virou Duducha, cognome que aderiu às suas gorduras e ficou. Filha única duma viúva que sofria de artrose e lambdacismo, doença que mistura *eles e erres*, e que não tinha como ganhar dinheiro, Duducha precisou muito cedo enfrentar o mundo. Bonita, com muita carne para mostrar, flertava muito e namorava pouco, porque, embora já se falasse em amor livre, costumava dizer que pretendia vender muito caro sua virgindade, no que revelava bela formação familiar e apreciável senso comercial. Seu encontro com o alemão Ferd fora por via telefônica. Paulina ligara para a prestigiada F & H Kremmelbein reclamando certa remessa de sacos plásticos para a clínica, recebendo do próprio diretor-presidente uma resposta pouco educada. Sentindo-se destratada, obteve da clínica autorização para ir pessoalmente à fábrica, exigir a imediata entrega do pedido. Aquela voz com sotaque estrangeiro, com uma arrogância que ela chamou de nojenta, transformou numa fera a viciosa devoradora de provolone e compotas de creme.

    Ao chegar à fábrica, Paulina passou pela portaria sem se fazer anunciar e, apesar de uma secretária asmática tentar detê-la, abriu a porta da diretoria e foi entrando. Ferd Kremmelbein, que consultava um gráfico num quadro à parede, ao perceber a invasão protegeu-se atrás da escrivaninha.

    — Eu sou a moça da clínica — anunciou-se Paulina. — Quero que o senhor me diga, e duma forma educada, porque nosso pedido feito há um mês ainda não foi entregue. Se ele não lhe interessa por ser pequeno, por que não o recusou? Por quê?

    Ferd pediu à moça que se sentasse e pôs-se imediatamente em comunicação com o departamento de produção, exigindo a presença do gerente. Um minuto depois a ordem era dada pessoalmente.

    — Quero que os plásticos sejam entregues em 48 horas.

    — Por que não em 24? — quis saber Duducha.

    — Tente conseguir em 24 — retificou o industrial, já empurrando o gerente para fora da sala a fim de apressar o trabalho. E voltando-se para a irada gorducha: — Estamos abarrotados de pedidos. Gostaria de ver como as coisas funcionam aqui?

    Depois de sua vitória Paulina merecia um *relax*, e lá foi ela, conduzida pelo diretor-presidente, visitar todos os departamentos da empresa, ouvindo a voz do industrial sem a arrogância metálica do telefone. Pelo contrário, insistia em ser gentil, abrir portas, apresentar-lhe pessoas e, depois, no refeitório, ele mesmo lhe serviu um café.

    À saída uma surpresa fora reservada à secretária da clínica: um carro da F & H dirigido por motorista fardado a levaria de volta. Este, falante, contou que Ferd era solteirão, podre de rico, pouco amável com a maioria das pessoas e que era a primeira vez que lhe pedia para levar um cliente.

    Paulina ficou eufórica quando viu o pedido chegar no prazo prometido — 24 horas —, o que acionou os dedos do diretor da clínica para um aperto de mão forte e grato. Durante alguns dias ela viveu sob a impressão de que era dotada duma personalidade invejável, capaz, quem sabe, de abrir-lhe amplos caminhos na carreira comercial. Seria uma executiva. Viu-se assinando contratos, cheques, dando ordens ao telefone, convocando reuniões, enquanto engolia brigadeiros, bombas e chocolates.

Uma semana depois a convicção de Paulina acentuava-se ainda mais ao receber um telefonema da F & H. A voz fanha da secretária asmática solicitava sua presença na empresa, depois do expediente, se preferisse, pois o senhor Kremmelbein costumava trabalhar até tarde. Antes de desligar o telefone Paulina já imaginava que o industrial ia oferecer-lhe um emprego mais rendoso que o da clínica. Um salto profissional graças a uma simples explosão de personalidade. Telefonou à secretária perguntando se era necessário levar seu currículo. Resposta: "Currículo?" Realmente causara muito boa impressão.

Após o expediente, Paulina pegou um ônibus e foi à fábrica. O porteiro, como se a esperasse, conduziu-a imediatamente à diretoria. Kremmelbein, no meio do escritório, muito bem-vestido e com a cara de quem acabara de voltar do barbeiro, sorriu-lhe, não de improviso, e estendeu-lhe a mão num gesto de quem resgatava uma curtida saudade. A fofa Duducha entrou e noticiou a si mesma: estou empregada. Entregou a mão ao futuro patrão, que não ficou só no aperto, beijou-a longa e ternamente. Já era exagero, porém; logo em seguida Duducha julgou estar diante dum doido varrido, ao vê-lo dobrar suas compridas pernas, ajoelhando-se, sem soltar a mão que aprisionara. Ferd, feito personagem de opereta, num inesperado ridículo, só não cantou uma ária à falta duma orquestra ou porque não estudara canto. Mas o seu papel dizia:

— Paulina, minha Paulina, não a esqueci um só momento desde que esteve aqui! Preciso de você urgentemente! Salve-me!

— Está bem – disse a moça apressadamente. – O que posso fazer? Que cargo quer que ocupe?

— Não se trata de cargo algum. Quero que seja minha sócia.

— Sócia? – espantou-se Paulina M. – Sócia, com que capital? Ainda se entendesse de administração! – exclamou, olhando em direção à porta na esperança de que entrasse um enfermeiro com uma camisa de força. – Até como datilógrafa sou péssima!

— Você não precisa entender de nada – explicou o magnata. – Só virá aqui, se quiser, a passeio.

— A passeio? Que brincadeira é essa, senhor Kremmelbein?

— Paulina, quero casar com você.

— Casar comigo? Por que, senhor Kremmelbein? Por quê?

Ferd ergueu-se e, ficando subitamente trinta centímetros mais alto que ela, abraçou-a, curvando-se para beijá-la, enquanto informava que, se o recusasse, poria fim à vida. Mesmo nos anos 50 a situação seria excessivamente melodramática e embaraçosa para uma moça sem inclinações teatrais. Não suportando mais a cena, concentrou forças num só impacto e empurrou o desvairado Romeu teutônico de encontro à escrivaninha. Correu, depois, para a porta, onde se deteve para gritar:

– O senhor é um louco!

Ferd Kremmelbein, vermelho, os olhos turvos e a roupa desalinhada, tateou a escrivaninha, logo encontrando o objeto que seus dedos desejavam – uma espátula. Era uma espátula de madeira, inofensiva, que apenas servia para prolongar a dramaticidade da ação. Nisso, a porta começou a abrir-se lentamente, centímetro por centímetro, no ritmo pingado dos filmes de terror. Pareceu a Ferd que a secretária asmática, tendo ouvido tudo ou informada pela senhorita M., viesse lhe prestar socorro moral.

Mas era a própria Paulina M. quem estava à porta!

A reaparição imprevista da moça fez Kremmelbein reunir todos os cacos de sua personalidade, espalhados pelo escritório, recompondo-se. Porém, quando quis falar, esquecera como se produzia som.

– O senhor não é louco? – perguntou Paulina em tom formal de recepcionista da clínica.

Kremmelbein sacudiu a cabeça negativamente.

– Nem sofre às vezes de certas crises?

Nova negativa do presidente da empresa.

– Bem, talvez, então, a gente possa conversar. Mas com a porta aberta. Está bem assim?

O industrial passou a mão pelo rosto para recolocar tudo no lugar, ajustou o laço da gravata, puxou o paletó pelas extremidades e só então partiu à procura de seu sorriso. E outra vez de posse do equilíbrio e da dignidade, reafirmou à senhorita presente que desejava casar-se com ela.

– Sou uma moça pobre – disse ela como se fosse seu único pecado.

– O dinheiro de fato é importantíssimo – concordou o magnata –, mas felizmente o tenho para nós dois.

Paulina:

– Me dê um dia para pensar.

Kremmelbein:

– O que me diz de sentar-se e pensar apenas uma hora? Eu a deixo sozinha enquanto dou um giro pela fábrica.

– Uma hora, o senhor disse?

– Uma hora, sessenta minutos.

– Nesse caso, aceito já – resolveu Duducha. – Não posso chegar tarde em casa.

Um mês depois Paulina e Ferd viajavam para Miami, casados. Tempos depois, Duducha contava às suas íntimas que o mês inaugural de seu casamento fora uma farra só, Ferd se portando como um danado. Ao voltarem, porém, o industrial, convocado pela diretoria, que não sabia resolver nada sem ele, repôs na cara sua máscara dura de presidente e não mais a tirou. E ela nunca mais reviu o ator da opereta, o pré-suicida, o apaixonado daquela tarde de transição em sua vida e de sua ocupadíssima lua de mel.

Sentada no escritório de sua casa, a viúva, a folhear as revistas eróticas, tentava descobrir em que número, precisamente, qual daquelas *playmates* reabrira as portas enferrujadas da sensualidade do falecido, facilitando tudo para a terrível Watanabe. Mas isso era o passado. Precisava concentrar-se em Rudi.

10 – Maquinações: o psicoterapeuta e a moça do espanador

A carga erótica que pertencera ao pai, umas trinta revistas envelopadas em plástico, passou das mãos de Duducha para as de Amarante, e este, de posse do que acreditava ser um tratamento completo para a apatia sexual de Rudi, foi procurá-lo no estúdio. O almirante estava na piscina a comandar o ataque de um cruzador a três cargueiros. Do outro lado do mar, sob um sol que iluminava seu pasmo e admiração, a empregadinha Claudete acompanhava a operação naval a segurar uma vassoura, sem perder um único fotograma da ação em curso. Realmente era empolgante, porque o vaso de guerra já errara dois tiros, enquanto os navios perseguidos aproximavam-se do ancoradouro improvisado sob o trampolim. Com um casquete branco enfiado na cabeça, o dono da batalha, fazendo uso dum sofisticado controle remoto, dirigia o curso dos barcos e determinava os disparos. Sabia que podia facilitar tudo se desacelerasse os cargueiros, mas para quem só apostava na tecnologia, tal procedimento seria desonesto. O gênio que atacava era o mesmo que tentava escapar.

– Dispare mais – suplicou Claudete, já sabendo o que queria ver.

Rudi apertou um botão vermelho – fogo! – e três pares de olhos flagraram a precisão do tiro que acertou o centro do casco e no nível da água o primeiro cargueiro a chegar no porto, que sossobrou, ficando em seu lugar um sortimento de borbulhas festivas. Claudete deu um salto para comemorar o êxito e a beleza do disparo conquistada por aquele esporte maluco-inteligente, assistido com exclusividade. Rudi, meio-alemão, não tinha sangue quente, e para ele até um hurra era algo discreto, sob controle e mesmo confidencial. Ao apanhar sua cesta-rede para pescar na piscina o cargueiro naufragado, o moço viu o terceiro par de olhos que acompanhara a operação: Amarante, que olhava o mar de Rudi com um maço de revistas sob o sovaco.

— Oh, doutor Amarante! Então o senhor viu?

— Vi e lhe dou os parabéns. Foi um tiraço!

Após pescar o cargueiro, colocando-o sobre a grama de borco para que a água escorresse, Rudi ofereceu um bis a seu espectador.

— Quer que o cruzador afunde os outros cargueiros?

O psicoterapeuta hesitava entre o dever do ofício e o dever da gentileza, quando as revistas escorregaram da pressão sovacal e caíram, espalhando-se no chão. O filho de Duducha imediatamente abaixou-se para recolher as revistas, enquanto a jovem de cor marginou a piscina querendo ajudá-lo.

— Obrigado, Rudi. Se este tesouro gráfico afundasse na piscina precisaríamos dum escafandro.

— São revistas iguais àquela?

— São, Rudi, e como se trata de números atrasados às vezes valem muito dinheiro.

— Pretende vendê-las, doutor?

— Elas não me pertencem. Foram colecionadas pelo seu pai. São suas agora. Guarde-as no estúdio com a outra. Você é um rapaz afortunado. Nenhum moço de sua idade já teve tanta revista erótica para folhear.

A revelação parecia importante, mas o herdeiro não se fixou no tesouro, ainda com os olhos nos navios de sua esquadra e logo também em sua fã nº 1, que examinava ao sol as indecências de uma das revistas que haviam escapado do sovaco de Amarante.

— Quer que leve elas para o estúdio? — pediu, com certa dose de súplica, a faxineira das áreas verdes da casa.

Rudi concordou e ela, em seguida, de posse de todos os exemplares pornôs, foi se afastando da piscina numa ginga que não passou despercebida do psicoterapeuta.

— Você vai gostar desses números — garantiu Amarante. — Certas fotos são verdadeiras obras de arte.

— A senhorita Bruna Maldonado também está nessas?

Amarante ficou aceso.

— Por quê? Gostou dela? É muito interessante, não?

— Deve ser, a julgar pela entrevista publicada ao lado. O senhor leu, não?

O psicoterapeuta não tomara conhecimento de nenhuma declaração da *playmate*, mas havia, sim, uma série de respostas sem perguntas manuscritadas numa página cheia onde se viam também algumas fotografias dela na pureza de sua infância. Rudi, preferindo a beldade por escrito, acrescentou que a moça devia ser boa de papo devido a certas preferências.

— Por exemplo?

— Bruna escreveu ali que ama o aeromodelismo e miniaturas em geral.

— Não diga!

Rudi confirmou, num tom convicto de quem conhecia a intimidade da garota de setembro melhor que qualquer leitor desatento da revista. Aeromodelismo e miniaturas em geral! Uma injustiça! Valorizavam mais o corpo da moça que seu miolo.

— Disse miolo?

— Disse.

Uma pessoa assim não tinha apenas nádegas para mostrar, como julgava aquele fotógrafo maníaco, disse Rudi, ambos já entrando na área construída da mansão.

Amarante interrompeu o passo para sugerir e sondar provocativamente:

— Gostaria de conhecê-la?

O herdeiro, sentindo a pergunta doer nos ouvidos, ficou todo rubro, mais que o sol da manhã havia logrado, e respondeu sem olhar para nada:

— Que ideia, doutor! Por que iria querer conhecê-la? Será que mamãe já voltou da fábrica?

A mão do orientador segurou o braço gordo de Rudi, evitando talvez uma fuga.

— Se deseja conhecê-la, podemos cuidar disso. Bruna Maldonado não deve ser assim uma pessoa inabordável só porque saiu na página dupla de uma revista. Talvez até tivesse muito prazer em conhecer Rudi Kremmelbein.

— Duvido. Meu nome só saiu nos jornais no dia do enterro de papai.

— Sua mãe ela deve saber quem é. Dona Duducha é uma das senhoras mais conhecidas de São Paulo. Os cronistas sociais registram seus passos até quando ela não sai de casa.

Evidentemente Rudi gostaria de conversar com a *playmate* sobre aeromodelismo e miniaturas em geral, mas receou que para seu orientador a moça correspondesse apenas a mais uma etapa do ajuste de sua personalidade. Recusava-se a ter uma amiga receitada e que o relacionamento fosse motivo de relatórios e conclusões.

— Vou para o estúdio — disse Rudi, o que significava que desejava ficar só para criar e aperfeiçoar projetos.

Amarante não insistiu naquilo que já considerava uma ideia brilhante; deixou Rudi ir e foi fazer hora no jardim à espera de sua patroa para mostrar-lhe que a aranha do sexo continuava a tecer sua teia.

11 – Tarampantãs e tutuques

Mentalmente, enquanto se dirigia ao estúdio, Rudi repetiu aquele "Que ideia doutor!" já registrado. Que palavras teria ele para trocar com a moça do sorvete? Abriu a porta do refúgio lembrando-se de que deixara na piscina sua parafernália naval, exposta à imerecida curiosidade dos poetinhas e pintores que sua mãe costumava levar para casa, e viu quem já não devia estar ali.

Claudete, junto à prancheta, folheava o tesouro gráfico com uma avidez e ritmo que cresciam a cada página. Na ânsia de ver tudo e somar sensações, nem percebeu que o jovem patrão entrara no estúdio. Não se escandalizava com a nudez das moças brancas porque, como já dissera a Rudi, também gostaria de posar. Aquele ofício, com certeza, era mais empolgante e melhor remunerado que andar pela casa a empunhar vassouras. Terminava uma revista e começava outra, até que...

Rudi usou o sovado expediente da tosse para anunciar sua presença, mesmo assim instigado por um invisível ponto teatral. A moça levou o sustinho programado pelo flagrante. Ao ver que a tosse era do inventor, seu amigo, o simpático filho da patroa, sorriu usando a cara toda e retornou o olhar à revista, subitamente reduzida a só papel e tinta. Havia algo mais concreto entre as quatro paredes. Claudete deu então uns passos deslizantes, com rodas de patins, na direção do rapaz e, conhecedora dos ruídos da casa, principalmente os de aproximação, foi se chegando a ele com tanta malícia, dengos e gatices que Rudi recuou. Não pôde porém recuar até o infinito, porque suas costas tocaram a parede. A dez centímetros do corpo dele Claudete também estacou, talvez obstada por uma cerca de arame farpado criada pelos preconceitos de raça e dinheiro. Sem distância e impulso para saltá-la, a café com leite ficou ronronando, enquanto na versão sensorial de Rudi ela aparecia toda nua e preta como uma pantera. O jovem, acreditando que eram impressões residuais dum filme a que assistira na *Sessão Coruja*, em que uma mulher se transformava em pantera para atacar sexualmente pacatos cavalheiros, sossegou e cancelou numa piscada a imagem perigosa.

– Você tem medo de mim? – perguntou a serviçal em tom de voz tão macio que se desfez no espaço.

– Não – respondeu o moço Kremmelbein, sentindo que a palavra *não* era comprida demais para pronunciá-la com naturalidade.

– Nós temos a mesma idade – disse Claudete, como se fosse um convite irrecusável para a libidinagem.

– Parece que sou alguns meses mais velho – respondeu Rudi, a indagar-se se o que sentia no momento tinha algo a ver com a sensação de enfarte aludida pelo seu orientador.

Por sobre a cerca de arame farpado Claudete estirou os braços envolvendo o pescoço leitoso de Rudi e, como ele não a repelisse, ignorou a barreira fazendo o que seu corpo mandava. O rapaz, que até então só conhecia os lábios da mãe e de suas amigas, no cotidiano e nas festas, descobriu logo que aquele sabor quente e úmido dos beijos de Claudete poderia ser aperfeiçoado assim que soubesse onde colocar o nariz. Ela, contudo, mais atenta às telenovelas, encaminhou melhor a solução dos problemas técnicos, como também forçou-o, sem palavras, a desencostar da parede, quando ganharam mais espaço entre a escrivaninha e o arquivo precioso de Rudi. Aí, após o repouso de alguns instantes, quando descobriram para que servia o oxigênio, voltaram aos beijos sem o furor inicial, mas já sensíveis a gostos, cheiros, relevos, temperatura e, sobretudo, mais conscientes de que o tempo podia ser melhor consumido, retido ou espacejado, se não se afobassem tanto. O saber respirar, por exemplo, ABC da natação, notadamente no *crawl* ou borboleta, era coisa importantíssima naquilo, porque prolongava emoções, regulava as batidas do coração, evitando a tragédia cardíaca a que o psicoterapeuta se referira – não exageradamente, como Rudi agora constatava. Curioso era que a audição, entre os sentidos de Rudi, figurava como a mais inclinada à fantasia, embora de participação nula nos prazeres gerais. Rudi ouvia tambores (seu coração e o dela em sincronia?), mas não os dos chatíssimos desfiles escolares, rataplãs ensaiados sob o comando de apitos cívicos. Pareciam tarampantãs, tutuques de zabumbas, sons de ultramar, congoleses, angolanos, somalianos, ecos negros que davam compasso e ressonância à inesperada esfregação. Estavam na floresta, no seu verde mais intenso, em território habitado por tribos sensuais, espertas em tamborilações eróticas, talvez na Zuzulândia, captada por via sonora.

    O fato é que por ouvir a estranha sonoplastia, Rudi não ouviu o som elementar dos passos de Olegário, que apareceu à porta do estúdio, deu com a cena, perdeu algum tempo para empalidecer e arregalar os olhos e logo na primeira tentativa conseguiu ficar invisível. Claudete, que no desastrado momento estava com o queixo fincado no ombro do parceiro, de frente para a porta, viu o mordomo inconveniente e fez cessar o tarampantã e demais ruídos inventados pela sua sensualidade.

    – Por hoje chega – disse como quem decidiu ser aquela a última partida de baralho.

    – Minha mãe não está – informou Rudi.

    – Preciso trabalhar – ela lamentou, disposta a não revelar que o bom da tarde tivera uma testemunha.

    Como se alguém lhe roubara a pasta de segredos militares, Rudi morreu por alguns minutos e quando voltou a si estava sentado no divã, com as páginas de Bruna Maldonado diante dos olhos, mas que nem serviram para espichar as emoções tridimensionais que sentira com a garota do espanador. Seu corpo fizera evidentemente uma descoberta e sua mente perguntava: por que a impulsiva mulatinha abandonara de forma tão inesperada o estúdio, quando o que já era bom prometia ficar ainda melhor? E esse *por quê* se tornava ainda mais sem resposta, com uma interrogação maior e mais preta, ao lembrar que fora a selvagem quem começara tudo. Humildemente admitiu que tinha ainda muito a aprender sobre pessoas. Talvez seu orientador não fosse de todo inútil como aparentava. Ia lhe dedicar mais atenção, embora fosse duma ignorância total em mísseis, eletrônica e computação.

12 – O mordomo atira pedras

Olegário era um mordomo que exibia seu diploma para quem quisesse ver. Antes de ser contratado pela família Kremmelbein, já trabalhara para riquíssimos israelitas, e no início da carreira prestara serviços a um ex-senador de antiga linhagem paulista. Sua competência, sempre elogiada, não se limitava a ouvir e transmitir ordens. Conhecedor como poucos de vinhos europeus e quase genial no preparo de coquetéis, era a voz que calava qualquer outra no tocante a petiscos escandinavos. Ferd e Duducha costumavam emprestá-lo a amigos ricos, como supervisor de cerimonial, bar e cozinha quando, numa reunião, grandes negócios estavam em jogo. Correu numa dessas ocasiões a notícia de que algum traidor desejara comprar o seu passe por uma quantia exagerada, mas Olegário recusou a oportunidade devido à sua grande estima a Duducha, maior à medida que ela engordava. A competência do mordomo não se restringia à área de serviço. Sempre estava a par dos problemas e conflitos da família, dando pareceres quando solicitado. Às vezes sabia inclusive de certos segredos de alcova, sobre os quais calava, já que a discrição era para ele também meio de vida. Porém, quando a estabilidade emocional dos Kremmelbein estava na balança, encontrava uma forma sutil de influir em decisões carentes de bom-senso. No caso da impudica Glória Watanabe, se soubera de algo fora um túmulo, e nas hesitações sentimentais, digamos assim, da patroa jamais vira nada, nunca soubera de nada. Agora, no entanto, Olegário estava com uma pedra no sapato.

"Esse menino, nascido em berço de ouro, paulista, não pode andar fazendo essas coisas com a empregada. Já pensaram se ela engravida e põe a boca no trombone?" E o pior era que ele, virgem com toda a certeza, corria o risco de apaixonar-se pela mulatinha. Olegário espantou-se com essa possibilidade e imaginou uma fuga dos dois, com grande repercussão e estardalhaço no mundo novidadeiro de Duducha. "Preciso tomar uma atitude", se impôs o mordomo, decidindo com quem falaria: Claudete, Rudi, Duducha ou Amarante. A decisão foi simples: a corda ruiria na parte mais fraca. Pode ser injusto, mas é tradicional. A lei da vida, e ele sozinho não poderia mudar isso.

A mulatinha, na copa, enxugava pratos ressabiada com a aproximação do elegante Olegário.

— Está querendo ir pro olho da rua, garota?
— Não tive culpa, seu Olegário, ele me agarrou.
— Foi a primeira vez?
— Foi, juro.
— Vai ter de evitar isso, está ouvindo?
— Estou ouvindo, mas não sei se vai dar certo. A casa é dele.

Claudete não morreu de susto, pois era de amor que quase morria. Naquela noite, na escuridão de seu pequeno quarto, só pensava em Rudi e mais nada. Perto dele os moços de quem gostara eram só pessoas, não apenas pela sua mansão, mas principalmente pelas mágicas que fazia na prancheta, piscina e oficina, por todos aqueles botões e luzes do painel, que moviam coisas a distância. Ao seu lado, um dia poderia participar duma guerra nas estrelas.

Nessa mesma noite, em seu quarto, o jovem Kremmelbein, perdido o sono, imaginava e projetava na parede novas cenas de sexo com a empregadinha. Numa delas, como se manejasse uma tesoura, recortou o sorvete obsceno de Bruna Maldonado e colocou-o na boca de Claudete. A primeira duma série de fantasias gráficas. Mas em nenhum momento sentiu-se indigno, pecaminoso ou aproveitador de belas faxineiras. Para ele, o que fizera e o que pretendia fazer era aprofundar experiências de seu eu oculto, que tanto preocupava o orientador. Seu envolvimento com Claudete teria, portanto, um caráter científico, fato que não lhe parecia reprovável. Quanto ao sigilo, faria parte da rotina experimental.

O segundo encontro íntimo entre Rudi e Claudete foi assim: o rapaz, com o cruzador debaixo do braço, dirigia-se à oficina para providenciar reparos. Como foi dito, a oficina era além da piscina, no fundo da casa, isolada e proibida para os não iniciados. O cientista entrou e...

— Claudete!

A café com leite já estava lá dentro, com os *jeans* apertados e os cabelos soltos, tendo no espaço mediano um sorriso que chocava mais que a nudez frontal de Bruna Maldonado. Não respeitara a solidão criativa de Rudi. Que imaginação!, exclamou o herdeiro em pensamento. Aqui estaremos tão longe de olhares como no fundo da piscina ou no telhado.

Claudete, a pantera da véspera, avançou sobre Rudi. No impacto o cruzador caiu, mas não se curvaram para apanhá-lo, porque as quatro mãos estavam voltadas a outros afazeres. Abraçaram-se como no dia anterior, ela mais afoita devido à estimulante proibição, ele mais atento aos tarampantãs africanos. Abraçá-la era como fazer turismo com uma venda nos olhos. "O que vem depois disso?", perguntava-se, já ciente de que sua natureza sabia mais do que ele e era mais ousada. Restava-lhe lucidez apenas para uma comparação: prazer igual só sentira no dia em que afundara seis cargueiros e dois destróiers sem perder um único míssil.

Claudete introduziu uma novidade no ato:

– Rudi... Rudi... Rudi.

Assim, ele deixava de ser o filho da patroa, o mágico, para ser alguém definido. Como se exigisse a recíproca, Claudete... Claudete... Claudete, ela insistiu:

– Rudi... Rudi... Rudi.

O moço louro mexeu os lábios para imitá-la, mas dizer e repetir o nome dela soaria como um compromisso assumido ou favor suplicado. E aí, que rumo tomariam suas experiências? Experiências têm letras e números. KR-111. Ela estranharia muito se a chamasse por código? Isso despertaria algum complexo de inferioridade? Não acreditava que Deus nos chamasse por nome e sobrenome com tantos homônimos que existem no mundo.

– Rudi... Rudi... Rudi.

Epa! Que barulho fora aquele no teto da oficina?

Rudi e Claudete separaram-se um palmo e olharam para o alto. Logo, outra pedra caía sobre uma telha.

– Que será isso? – perguntou Rudi.

– Não sei. Vamos dar uma olhada lá fora.

Olegário ia atirar a terceira pedra sobre o telhado da oficina quando viu os dois saindo. Sem querer vexá-los, ficou de costas e enfiou o petardo no bolso. Ao tornar a olhar na mesma direção, o mordomo viu a mulatinha circundando a piscina a passos ligeiros. Rudi, com as faces afogueadas, chutava folhas secas sobre a grama. Olegário, que seguira Claudete até sua entrada na oficina, julgou ter prestado um grande serviço a Duducha e à memória do falecido. Na oficina, longe de olhares vigilantes, o que poderia acontecer ao ingênuo filhote da patroa? Rudi estava sendo a infeliz vítima duma trama sexual, pois, a seu ver, o que houvera fora um ardil de Claudete e não um encontro marcado, ela, tão conhecedora da geografia da casa. E, por último, para separá-los não dispunha de muitas pedras, recurso perigoso se os dois se refugiassem no jardim de inverno, quase todo de vidro.

– Dona Duducha precisa saber disso – decidiu Olegário, já testando o tom correto da revelação. – Madame, lamento mas tenho uma coisa séria a dizer sobre seu filho.

Foi assim mesmo que começou, depois de escolher o escritório como área ideal devido à sua sobriedade.

– Sobre Rudi? Meu Deus, diga depressa! – Olegário hesitou, dando tempo para que Duducha tentasse adivinhar: – Machucou-se numa de suas estúpidas batalhas navais?

— Nada disso, dona Duducha. O caso é outro.
— Desembuche, homem!
— Diz respeito à empregadinha, a Claudete.
— O que lhe fez a cafuza?

Olegário não sabia expressar-se através de pilulinhas jornalísticas como os fofoqueiros das colunas sociais. Seu estilo era o dos papéis de ofício.

— Ontem vi os dois se abraçando no estúdio. Ela também me viu, mas ele não. Mais tarde a procurei e pedi-lhe que deixasse seu Rudi em paz, caso pretendesse conservar o emprego. Supus que bastaria minha advertência para conter a desavergonhada. Estava enganado. Hoje ela o esperou na oficina, sabendo que ele sempre aparece por lá às três horas.

— E esse *affair* (por que em inglês?) demorou?
— Não, porque atirei pedras no telhado da oficina.
— Disse pedras?
— Ainda trago uma comigo. — E retirou a que restara do bolso. — Foi o expediente que encontrei para espantar a moça. Deu certo. Ela saiu em seguida.

Duducha acendeu um cigarro comprido e mergulhou numa reflexão profunda que o mordomo não ousou romper. Depois, quis detalhes:

— Era ela que o abraçava? Diga, quem tomava a iniciativa?
— Garanto que seu Rudi não teve culpa no caso.
— Esqueça as implicações morais, Olegário. Como Rudi se portava? É o que interessa. Chegou a observar? Ele manteve os braços retos, caídos, ou a rejeitava? Responda com honestidade e precisão.

Duas qualidades que ninguém negava em Olegário: honestidade e precisão. Afinal, era um mordomo diplomado.

— Seu Rudi certamente não é um robô...
— Gostei de ouvir isso. Prossiga.
— Abraçava-a também, beijava-a... Mordia-lhe a ponta da orelha. Ela é uma diabinha. Quer que a despeça?

Duducha para si mesma: "O tratamento do doutor Amarante começa a dar resultado". — O que disse?

— Quer que a despeça?
— NÃO!

A caixa alta acima significa que Duducha berrou: não!

— Como quiser, madame.

Olegário já se retirava quando a patroa lhe ordenou:

— Ligue para o doutor Amarante e peça-lhe para vir imediatamente.

13 – Um canguru é convocado a colaborar

Meia hora após o telefonema, Amarante, dirigindo o último carro da marca Volvo em circulação na capital, estacionou diante do portão da bela casa de Duducha & Filho, preocupado com a chamada imprevista. Ele visitava seu cliente com frequência, sem ser chamado, e portanto temia que algo de grave houvesse acontecido ao pobre Rudi, quem sabe uma crise existencial provocada pela *overdose* de erotismo, receitada por via óptica, resultando no naufrágio de toda a sua esquadra e na destruição da pasta de segredos militares. Seria necessário retirar Rudi da piscina, ele, que não sabia nadar? Ou o rapaz se trancara no banheiro havia doze horas para masturbar-se?

Duducha, no grande *living*, com um vestido tão vaporoso que fazia dela um ectoplasma, correu a receber o psicoterapeuta com a novidade do ano a aflorar-lhe aos lábios.

– Sabe quem anda de caso por aí?

Amarante conhecia todos os amigos e inimigos de Duducha, mas não conseguiu adivinhar.

– Ignoro.

– O meu Rudi, bobo!

– O quê? Rudi está namorando?

– Não diria que é um namoro.

O doutor foi além:

– Então o nosso garoto arranjou uma amante! Está caminhando depressa. Quem é a felizarda?

Duducha tateou uma garrafa de *cherry* sobre a mesa e contou:

– Olegário os viu de beijos e abraços no estúdio. Depois, na oficina. Desta vez teve de atirar pedras para separá-los.

– Que compulsividade! Pedras só se atiram em cachorros quando praticam sexo em lugares públicos! Não foi exagero? Atirar pedras para separar um casal de amantes? Não é o que a psicologia recomenda.

– As pedras foram atiradas no telhado da oficina. Então se largaram.

– Quem é ela? Uma coleguinha da escola?

– Claudete, a mulatinha que faz a faxina da parte externa da casa. Se fosse uma loura eu não chamaria com tanta urgência.

Amarante faria explodir uma gargalhada se não fosse pago, e bem, para ponderar e orientar. Procurando o lado positivo do fato contou os pontos que tinha a seu favor.

– Isso, antes de mais nada, significa que as revistas eróticas funcionaram e que Rudi sexualmente está salvo. De acordo, suponho?

– Mas fazer essas coisas com uma empregadinha mulata...

— Bem — considerou o homem de ciência —, o sexo é a parte mais bárbara do nosso organismo. Ele não entende as conveniências sociais, é o mais antirracista e democrático dos nossos órgãos.

— Não sei se devo ficar alegre ou preocupada.

— Fique as duas coisas, uma de cada vez. Seu filho não é homossexual nem indiferente ao sexo, o que é motivo de júbilo. Feita essa feliz constatação, passemos a outra parte.

— Acha que devo mandar embora a mulatinha?

O psicoterapeuta respondeu em cima da pergunta:

— Seria catastrófico.

— Catastrófico, por quê?

— Porque uma súbita ruptura agora poderia levar nosso Rudi a apaixonar-se pela empregadinha, fazendo dela um clichê sexual insubstituível. A partir daí só voltará a sentir atração por moças da mesma cor, preferencialmente domésticas. Isto não é teoria, é uma consequência já comprovada. Fui claro?

— Foi claro, mas não me disse o que fazer. Se ela continuar aqui poderá engravidar e...

— Nisso também pensei, mas o que mais me preocupa é a saúde e normalidade sexual do nosso Rudi. Se os dois forem vigiados o perigo da gravidez estará afastado, principalmente depois das pedradas do Olegário.

— Não podemos vigiar os dois a vida toda.

— Dona Duducha, seria tedioso se eu não possuísse a solução.

Duducha aprumou-se toda, "que homem!"

— Então tem uma solução? Qual é?

— Calma, o importante é entendê-la antes de aplicá-la.

— Vou tomar um *cherry*, ele me ajuda a entender as coisas.

O psicoterapeuta sentiu que mais uma vez ia justificar o seu salário. Dispôs os músculos da face numa expressão de vitória e faturou ansiedade da mãe aflita, numa pausa que preencheu acendendo um cigarro.

— O que devemos é tratar da substituição. Preste atenção, dona Duducha. Rudi ainda não está apaixonado pela escurinha. Simplesmente fez uma descoberta, a do sexo. O tempo está, portanto, a nosso favor.

Duducha não entendeu, embora a palavra substituição a impressionasse como chave de um problema.

— Estou quase entendendo, fale depressinha.

— A mágica consiste em tirar a empregadinha dos braços de Rudi e colocar outra em seu lugar. Aí, efetuada a substituição, poderá despedir a empregada sem trauma para o rapaz.

— O senhor fala de mágica... Tirar uma moça duma cartola? Rudi não tem amizades femininas.

— Eu não teria feito a sugestão se não tivesse um nome a sugerir. A pessoa indicada é Bruna Maldonado.

— Bruna Maldonado? Quem é ela?

— A *playmate* da primeira revista erótica que ofereci a Rudi e certamente a maior responsável pelo novo comportamento do nosso herói. Rudi anda atrás de Claudete não porque goste de empregadinhas ou de mulatas. É que não tinha outra moça à mão. Já pensou se a própria Bruna, a dona do milagre, aparecesse diante dele com toda a sua mídia e aquele escândalo de página dupla? — perguntou o homem de ciência, caprichando ainda mais na referida expressão de vitória, valorizada agora pela luz inteligente de seu olhar.

Duducha, que passeava pelo *living* com seu *cherry*, preferiu bebê-lo dum só gole antes de formular com travessão e tudo a pergunta principal:

— E como vamos conseguir meter essa Maldonado entre os braços de Rudi? Você conhece a moça?

— Não conheço, mas, se consentir, irei procurá-la já com meu plano debaixo do braço.

Duducha confiou no visual, Amarante com uma pasta-plano sob o braço. Quis detalhes. Além de competente, o psicoterapeuta era diabólico, o que lhe agradava.

— Vai oferecer dinheiro a ela?

— Dinheiro não, poderia afugentá-la. Uma oportunidade comercial, talvez. A empresa, que gasta tanto dinheiro em publicidade, deveria ter sua garota-símbolo. A forma correta e moderna de chamar a atenção para as embalagens. Aposto que as vendas aumentariam, embora nossa intenção não seja essa.

Duducha ouviu e gostou do que ouviu, mas o projeto tinha um furo.

— A marca F & H já tem um logotipo, Amarante.

— Tem? Qual é?

— Um canguru. Nasceu com a própria firma. O animal que carrega os filhotes numa embalagem. Ferd sempre achou uma imagem publicitária muito bem bolada.

Amarante também achou, mas não admitiu isso. Inventou um riso reprimido com o intento de ridicularizar a velha marca. Já que tivera uma ideia, deveria defendê-la com ardor, embora fosse psicoterapeuta e não publicitário. A sua área profissional não era constantemente invadida por bicões?

— Evidentemente o canguru apenas seria aposentado se Bruna Maldonado se mostrar mais ambiciosa. Tudo dependerá de seu relacionamento com Rudi. Mas, de qualquer forma, uma bela garota quase nua vende mais que qualquer bicho. Além do mais, por que dar tanto cartaz a um animal australiano? Onde fica nosso nacionalismo?

– Não argumente mais, senão atrapalha meu raciocínio – disse a viúva.
– A ideia da substituição já me parece lógica, caso Rudi não se apaixone por essa despudorada. Como toda mãe, quero que meu filho se case com uma moça decente e não com uma que anda mostrando a bunda nas revistas. Tem o meu consentimento. Vá procurar a tal Maldonado.

Amarante despediu-se e saiu a passos apressados. Já não era mais apenas o observador incumbido de redigir relatórios que mais pareciam referentes a um personagem de ficção. Partia do abstrato para o concreto, comprovando que a psicologia não era somente um tema, um curso, um diploma, mas uma força capaz de alterar uma vida. Isso posto, aí sim, até um bom aumento de salário poderia conseguir.

14 – Bruna Maldonado, pessoalmente

Amarante telefonou para a revista e, dizendo-se produtor de cinema, obteve o número do telefone de Bruna. Em seguida, ligou para ela dizendo que tinha um bom negócio para lhe oferecer. Uma hora depois era recebido na *kitchenette* da *playmate*, dividida ocasionalmente com um bailarino, ausente na ocasião. À luz do dia, sem muita maquiagem nem filtros fotográficos especiais, usando roupa caseira e envolta num cheiro de bife acebolado, ninguém diria que durante um mês, no número 108 da revista, ela alucinara meio milhão de assinantes e leitores avulsos espalhados pelo país. Era bonita, sim, principalmente vistosa, mas para excitar à primeira vista faltava-lhe o sorvete erótico da publicação, o indubitável eixo de seu sucesso fotográfico.

O psicoterapeuta começou com uma pergunta de conhecimentos gerais:
– Conhece Duducha Kremmelbein?
– Sim, sempre leio seu nome nas sociais. A tal que ficou viúva recentemente, não?
– Essa mesma. Sabe que ela a admira?
– O quê? A gorducha é lésbica? Não trabalho com esse artigo.
– Oh, nada disso. Ela é uma criatura normal, boníssima e muito rica, o que a torna ainda melhor...
– O que o senhor é dela?
– Psicoterapeuta de seu filho, o Rudi. Aliás, é por causa dele que estou aqui.
– Então é ele o meu fã? O que querem? Que anime alguma festinha?

Amarante, indo direto ao assunto, sem tropeços nem pudores, contou que a milionária, uma supermãe, estava tendo preocupações com o filho, rapaz saudável, inteligente, virgem, cuja inexperiência levara-o a uma perigosa inclinação pela empregada, a única fêmea desfrutável de seu ambiente. Como orientador do garoto, encontrara uma saída: fazer Rudi trocar de órbita, atraindo-se por outra mulher menos dependente e mais de seu nível e de cor branca. Seria a passagem dum amor infantil para um juvenil, engatando a segunda marcha do percurso sexual de sua vida. Como Rudi vira a revista e sabia quem era Bruna Maldonado, o fato de conhecê-la pessoalmente lhe causaria o impacto para operar a desejada transferência.

– Ele é débil mental? – quis saber a *playmate*.

– Oh, não, ele apenas está um pouco atrasado nessa matéria, talvez devido à sua obsessão por miniaturas bélicas. O rapaz é um verdadeiro inventor. Como você também gosta de miniaturas, aeromodelismo...

– Nem sei se gosto disso. Me aconselharam a escrever qualquer coisa inocente para acompanhar as fotos. É uma norma da revista.

– Já adivinhava, mas foi esse detalhe o que mais impressionou o moço. Pode partir daí uma grande intimidade entre vocês dois, o ponto de contato, entende?

Embora entendendo, ela engatilhou um *porém*.

– Tudo que está contando é muito divertido e eu adoro conhecer grã-finos, mas minha vida é uma parada. Passo o dia todo correndo agências de publicidade e visitando agentes fajutos. Não tenho tempo para jogar conversa fora.

Amarante ouviu com paciência isso e outras coisas que ela disse em recusa à proposta, e quando seus argumentos terminaram, contra-atacou:

– Eu não viria aqui apenas para lhe pedir um favor. Se Rudi simpatizar com você, será logo contratada como garota-símbolo da F & H, a empresa deles de embalagens, o que lhe garantiria um cachê ou salário mensal nada desprezível. E mesmo se não tiver sucesso, o que se verá logo, receberá uma quantia que estipularemos. Não sairá dessa com as mãos abanando. Lidará com pessoas da melhor qualidade.

– O que terei de fazer?

– Ser amiga de Rudi, que nunca contou com uma amizade feminina. E como amiga dum príncipe, Rudi é um príncipe, será bem recebida por Duducha, pelo mordomo, pela criadagem e poderá conhecer as pessoas do seu meio. Quanto a mim, estarei sempre por perto para aconselhar, ponderar e trocar ideias.

Aqui houve uma pausa, que caberá mais ao leitor encurtar ou espichar. É interessante a participação de todos.

– E se ele quiser dormir comigo?

– Duducha ficaria muito feliz, porque encerraria o capítulo da empregadinha. Capítulo, não. Diria um prefácio sexual. Mas ninguém a forçará a isso, creia.

– Se ele tentar me violentar, reagirei com unhas e dentes – advertiu Bruna Maldonado. – Me saí muito bem com um velho safado e um tarado que tentaram me agarrar.

Amarante tranquilizou-a:

— Rudi, como disse, é um príncipe. Muito respeitoso.

O alto grau de nobreza novamente atribuído a Rudi Kremmelbein fez bem aos nervos da moça, que se acalmou.

— Como devo lidar com ele?

— Com naturalidade. Já representou alguma vez?

Quase toda modelo é uma artista que não deu certo ou que pretende ser algum dia.

— Não, mas pelo tarô chegarei lá.

Amarante sorriu pela primeira vez, relaxando o formalismo do encontro.

— Então... ofereço-lhe uma boa oportunidade com palco, elenco e um diretor competente, que sou eu.

Em seguida o psicoterapeuta saía do apartamento acompanhado até o elevador pela garota do mês, que, em tom especial, numa rubrica em que só havia reticências, perguntou:

— E se o bobão se apaixonar por mim de verdade?

Amarante e Duducha não haviam pensado nessa possibilidade, mas ele nunca deixava nada sem resposta.

— Melhor isso que um fracasso total.

Bruna voltou à *kitchenette*, o espaço reduzido de quem ainda não vencera na vida, e à janela procurou entre os edifícios um intervalo azul de seu céu bloqueado. E durante alguns segundos sonhou ser uma princesa.

15 – Ei-los!

A partir da conversa entre Duducha e o psicoterapeuta foi estabelecido um plano de vigilância para os passos de Claudete e as idas de Rudi à oficina. Olegário estava sempre atento e em circulação pela casa, e até Odetona, a cozinheira preta, industriada por ele, colaborava no policiamento. Mas essas cautelas eram mais que excessivas, porque Claudete, sempre com o ribombo das pedras nos ouvidos, decidiu não se aproximar de Rudi, por algum tempo, mesmo quando o almirante ia à piscina comandar manobras ou batalhas navais. Passava por ele com o vassourão, cumprimentava-o e em seguida desaparecia, refugiando-se nos cantos mais inacessíveis da área de serviço.

Rudi notou depressa que Claudete fugia dele, o que lhe causou um alvoroço persistente, tanto ao sol quanto à sombra, sem alívio se andasse ou deitasse e que, por fim, lhe tirou o apetite. Esse vendaval interior refletiu-se inclusive no rosto, o que o próprio herdeiro registrou ao mirar-se no grande espelho de seu quarto. Seu aspecto lembrava o dos dias de insucessos navais, quando nada dava certo. Resolvendo descobrir por que a mulatinha decidira evitá-lo, Rudi passou a frequentar a cozinha e a copa da mansão, para tomar café e trocar palavras com Odetona, sempre com o radar ligado na expectativa de passos ou cheiros de Claudete. Uma vez viu a tentadora criatura perto da lavanderia, e quando ia se aproximar, surgiu assobiando, para enfatizar o acaso, a figura já não simpática do mordomo. E foi assim, ele caçando coincidências, como quem não quer nada, uma semana inteira atrás da serviçal sem que pudesse encontrá-la naquele esconde-esconde.

— Se não me encontrar com ela adoeço — receou ou decidiu Rudi.

Estava o herdeiro no estúdio, largado num sumiê, abatido e sem o vermelho da saúde que sempre lhe tingia o rosto, quando viu uma moça na porta excepcionalmente aberta. Seria uma aparição? Se não, quem era a bonitona?

— Você é o Rudi, não? — perguntou a miragem.

Muito loura, de altura superior à mediana, olhos dum verde vivo de tinta fresca, apertada numa saia e blusa justas, a moça fizera a pergunta sorrindo, e como a resposta tardasse, não recolheu o sorriso, que umedeceu um pouco com a língua.

— Sou — respondeu o rapaz depois de engolir a surpresa.

— Muito prazer em conhecê-lo. Vim com o doutor Amarante. Acho que vou trabalhar para a empresa. Estou estudando uma proposta.

Rudi levantou-se, e como não soubesse o que dizer, fez perguntas:

— É amiga do Amarante? Ele está aqui?

— Está conversando com dona Duducha.

— Já conhecia minha mãe?

— Fiquei conhecendo agora, mas quem não a conhece de nome? Soube que se interessa por miniaturas, isso é verdade, Rudi?

— Não só me interesso como produzo algumas. Não como decoração. As minhas são computadorizadas e funcionam por controle remoto.

— Isso é complicado demais para mim. Quer dizer que suas miniaturas se movem?

— Sim, obedecem ao meu comando e os barcos de guerra disparam mísseis. Agora pretendo construir um submarino capaz de lançar torpedos do fundo da piscina.

— Gostaria de ver ele em ação.

— Por enquanto apenas está em projeto. Como você se chama?

A moça abriu a boca, porém foi voz de homem que deu a resposta. Amarante, que entrava.

— Ela é Bruna Maldonado, Rudi! É modelo de anúncios de jornais e comerciais de televisão. Você certamente a conhece.

O rapaz, educadamente, apressou-se em dizer que sim, claro, mas na realidade só a conhecia da página dupla da revista. Era a *playmate* nua do sorvete! O esclarecimento, no lugar de apagar a surpresa, multiplicou-a. Jamais esperara ver a moça pessoalmente, e ainda mais em sua casa, depois de apresentada à sua mãe, como se a vexaminosa pose fora um sacrifício para reverter lucros em prol da Feira da Bondade. Garantiu a si mesmo que mamãe certamente ignorava a impudicícia e que expulsaria o doutor Amarante do seu meio de amigos caso visse a revista.

— Vai trabalhar para a Kremmelbein? — perguntou o rapaz, incrédulo.

— Provavelmente — disse o orientador. — Talvez Bruna se torne a garota-símbolo da empresa, no lugar daquele canguru.

— Ah, sim... — murmurou Rudi com uma perspicácia tão inconsistente que obrigou Amarante a acrescentar mais informações.

— Como dona Duducha está na cabeça da empresa, quis que conhecesse Bruna. Seu tio Hans, muito conservador, talvez não aceite a mudança do logotipo.

Rudi podia ser ingênuo, mas só até certo ponto, parecendo-lhe absurdo que Amarante, um psicoterapeuta, quisesse interferir em assuntos publicitários que não lhe diziam respeito. Inventara o lance da garota-símbolo para apadrinhar sua estreia sexual e marcar pontos como orientador. No entanto, aborreceu-se, ousara demais ao colocar sua mãe na posição duma pessoa enganada e exposta a prováveis ridículos.

Por sugestão de Amarante, foram os três passear no jardim e ver a piscina. Enquanto a *playmate* se maravilhava com o visual de luxo, Rudi e o psicoterapeuta, mais afastados, puderam conversar.

— Que história é essa de mudarem o logotipo da empresa? — perguntou Rudi. — O canguru está incomodando alguém?

— Calma, meu caro Rudi. Ela só será contratada se fizer tudo direitinho.

— Fizer direitinho o quê?

— Rudi, estamos no ano de 19...

— Agradeço a informação, mas o que ela terá de fazer?

Amarante não esperava uma pergunta tão objetiva; respondeu mais ou menos assim:

— Caberá a você a iniciativa, Rudi. Ela precisa do emprego e, portanto, não criará problema.

— Quer dizer que por interesse ela fará qualquer coisa?

— Rudi, não esqueça que ela tem paixão por miniaturas.

— Não é o suficiente para que mamãe permita que ela frequente nossa casa.

O psicoterapeuta tinha um trunfo na manga do paletó.

— Permitiria, sim. Dona Duducha gostou dela e disse que ficaria feliz se vocês se tornassem amigos.

— Mamãe não viu a revista.

— Bruna lhe contou que por necessidade já posou até nua, o que deixou dona Duducha muito comovida. Sua mãe é uma senhora moderna e compreensiva. Mas nada disso importa. Não acha que ela é ainda mais bonita pessoalmente?

Rudi não teve tempo de dizer sim nem não, porque a modelo voltava para junto deles encantada com a parte descoberta da casa e afirmando que tudo ali era um sonho. O resto foi um chá, que eles mais Duducha tomaram no *living*, servido pelo próprio Olegário, já a par dos planos para salvação de Rudi. O mais reservado de todos foi o herdeiro, que tendo refeito a imagem do sorvete, não conseguia ajustá-la ao cenário doméstico, quem sabe porque não fizesse calor. No entanto, Bruna e Duducha conversavam o tempo todo, como se já se conhecessem, a dona da casa usando uma vara para saltar preconceitos e a barreira da idade que as separava. Amarante, elo daquele entendimento, observava e ouvia, satisfeito com as primeiras imagens do plano que se concretizava.

Assim que Olegário saiu para acompanhar Bruna até o portão, Amarante quis saber da patroa:

– O que achou da Maldonado?

– O que achei? Parece uma criatura normal, embora não refinada. Em todo o caso, se esforça para causar boa impressão. Quanto à beleza, acredito que sem roupa faça mais sucesso. Mas a opinião decisiva será a de Rudi. Pergunte a ele.

– Gostos e preferências também podem ser condicionados. Quero dizer: Rudi precisa dum sinal verde para interessar-se por Bruna. Antes de tudo um aval materno. Fale com ele, porém...

Duducha fixou-se naquele porém, talvez a chave do plano e garantia do seu êxito, segundo indicavam as reticências pingadas por Amarante.

– Continue, doutor.

– Há um segredo que devemos manter. A senhora ignora que Bruna posou para a revista duma forma tão... tão... Precisa haver uma área de sombra nesse negócio. Rudi não pode saber que sua mãe está envolvida no plano. Perderia a graça e a pecaminosidade... A senhora está sendo enganada. De acordo?

– De acordo, Amarante. Mas agora me diga tudo, tudinho que devo comentar com Rudi. Quero agir cientificamente, sem improvisos. Comece, meus ouvidos são um gravador.

Quinze minutos depois, como quem procura qualquer coisa para dar estrutura à sua naturalidade, Duducha entrava no estúdio e, com o *script* de Amarante decorado, se pôs a falar de Bruna.

– É uma moça muito interessante e educada. Mas seu principal é a beleza! Não é à toa que é modelo. Nasceu para ser filmada e fotografada.

– Achou-a tão bonita assim, mãe?

– Bem, à primeira vista ela parece até um tanto... grossa, como se costuma dizer, quase vulgar, porém aos poucos a impressão inicial vai desaparecendo.

Certamente nunca chegará a ser uma *lady*, mas não estamos na Inglaterra. Portanto, se deseja ser amigo dela, já que ama o aeromodelismo, não faço objeção.

— Ainda não dá para prever se seremos amigos. Conversamos pouco.

— Não faltará oportunidade. Bruna disse que vai lhe telefonar.

Duducha dava sua missão por cumprida, que se resumia ao aval da mamãe, quando o garotão lhe perguntou:

— Em sua opinião, essa Bruna Maldonado não é um tanto... amoral?

— Não, meu filho. Você sabe, as moças pobres, para se manterem, às vezes precisam se expor. Hoje isso já não é tão condenável. O mundo está mudando.

— Viu a foto dela na revista?

— Sei que ela posou nua, ou quase nua, mas não vi. Quem apreciava essas publicações era seu pai.

— Quer ver?

A insistência de Rudi poderia implodir o plano do psicoterapeuta, receou Duducha.

— Não é tão necessário.

O herdeiro, num gesto automático, abriu a pasta das revistas e exibiu para a mãe a foto de Bruna Maldonado, na página dupla, chupando aquela coisa em forma de sorvete.

— Veja, é a Bruna. Não lhe parece chocante?

Duducha em pensamento: "o que dizer?".

— Danadinha, não? Sorte dela que fazia calor, a julgar pelo tamanho desse sorvete! Mas essa revista é para homens, entretenha-se você, eu tenho o que fazer.

"Que exibicionista desavergonhada!", exclamou Duducha, sem mover os lábios, ao entrar em seu quarto. Teve, porém, de admitir: corpo bonito, não posso negar, ela tem. E obedecendo a impulsos sem nome, começou a tirar a roupa, peça por peça, fazendo pequeno intervalo antes de retirar as duas últimas. Então aproximou-se do jogo de três espelhos, frontal e laterais, o que sempre evitava quando nua. Se aquilo era um teste, o resultado agradou: sou gorducha, porém muito apetitosa.

16 – Apenasmente um telefonema

Duducha continuava nua e espelhando-se quando o telefone tocou.

— Por favor, é da casa de dona Paulina Kremmelbein?

— Sim.

— Ela está?

— Quem quer falar com ela?

— Stênio Rossi.
— Quem?
— Stênio Rossi.
— O maestro? É ela mesma. Como vai, maestro?
— Vou bem e a senhora?
— Tentando esquecer o acontecido. Mas o que houve? Algum problema ligado ao fato?
— Não, a polícia não me procurou mais.
— E então?
— Por favor, dona Paulina, me desculpe.
— Já o desculpei. Foi coisa de Deus.
— Refiro-me ao telefonema. Estou ligando sem nenhum motivo. Vi seu cartão e... Mas não quero perturbá-la. Nem tenho o que lhe dizer. Então, está bem? Ótimo. Isso basta. Recomendações ao seu ma... Vou desligar. Estou num orelhão. Perdão. Até um dia...

O maestro trapalhão, afinal, o que queria? Atchim. Com esse atchim Duducha, nua, pagou o pecado de ter insultado Bruna Maldonado em pensamento. Mas o maestro, era louco? Telefonar para não dizer nada... Sorriu, benevolente. Afinal, devia-lhe. Se Ferd tivesse tido tempo de divorciar-se, de amor novo e mais gastão, ela teria de contentar-se com uma pensão talvez apertada e dar adeus à boa vida, que pretendia retomar, a todo vapor, assim que deixassem de lhe dar os pêsames. Pensando bem e nua os pensamentos lhe fluíam melhor, o maestro e seu gato mereciam mais que algumas trufas. Quem sabe até uma grande recompensa.

"O que fiz?", perguntou-se o violinista Stênio Rossi ao desligar o telefone. Por que telefonei àquela senhora? Saí de casa para isso, esperei na fila, impaciente, e sem uma razão. Devia esquecer essa pessoa ligada a um trágico acontecimento, que me fez maldizer flores e gatos, dois de meus grandes amores. Devia ter me mudado para outra cidade, distante, dificultando lembranças e encontros, e em vez disso, como se a marca daquele dia me atraísse ou como sentisse saudade, telefono-lhe para pedir desculpas pelo telefonema..."

"Sou um demente", conclusão que Stênio levou aos ensaios no Municipal e prosseguiu com ela, inabalável, até retornar ao apartamento e atirar-se à sua poltrona de palhinha. Então aspirou, e não o ar, mas sua memória trouxe-lhe de volta o perfume que Duducha usava na tarde em que invadira o apartamento. Deixou que o teipe rodasse outra vez, excluindo do roteiro o pavor de ser responsabilizado por uma morte. Duducha, como visitante, era deliciosa! Carnuda e original em todas as suas reações, estava longe do comum das mulheres. No escuro da sala, lembrada, o que via era uma imagem em neon, dotada de carisma eletrônico, magnético, acendendo e apagando como um anúncio de rua. A verdade verdadeira: aquela mulher chique e extravagante, rica e desembaraçada, dona de tudo em que pisava, impetuosa, esparzindo perfume, fixara-se em seus sentidos, criara dependência fazendo dele o satélite de uma recordação.

17 – Rudi e Bruna entre Mercúrio e Plutão: de novo as pedras

Rudi e Bruna estavam no planetário.

Era aquele o primeiro passeio dos dois, embora Rudi já tivesse recebido três visitas da *playmate*. A partir da segunda, o herdeiro, para desinibir-se, mostrou a ela seus desenhos técnicos no estúdio, levou-a para a oficina e depois lançou ao mar sua esquadra, comandando uma batalha acirrada que o entreteve totalmente a ponto de esquecer sua esplendorosa companheira. Esta, sob um sol que jorrava forte, ficou o tempo todo receando ser atingida por um daqueles projéteis, nem sempre a serviço do almirante, e deu graças a Deus quando o último vaso de guerra da esquadra B sossobrou. Percebeu depressa que a piscina não era o melhor lugar para forçar intimidades com Rudi, pois as operações o absorviam demais, e decidiu agir na oficina, longe da casa, fechadinha, toda desenhada para camuflar intenções.

Durante a terceira visita, Bruna, mostrando-se ansiosa para ver Rudi produzir seus navios, a parte mais curiosa de seu trabalho, fez-se conduzir à oficina. E vendo o moço louro dar os últimos retoques num destróier, ela se perguntou qual dos três era o mais louco: o engenheiro, o almirante ou o operário? Não sabendo responder, exclamou:

— Rudi, você é um crânio.

— Não pense que tudo aqui é copiado de livros e revistas. Muita coisa é invenção minha. Duvido que nossas forças armadas tenham um canhão como este – garantiu o rapaz, apontando um tubo de vinte centímetros sobre um par de rodas.

Bruna não acompanhou a linha reta apontada pelo dedo do gênio e, querendo apressar sua missão, pois também participava duma guerra, deu um abraço assexuado nele para eliminar distâncias.

— Me sinto orgulhosa de ser sua amiga.

— Não me sentirei realizado enquanto não construir o submarino.

— Você gosta de *rock*?

Nesse momento o ribombo já conhecido de Rudi soou no telhado, e ele, querendo surpreender quem quer que fosse no ato, provavelmente Olegário, precipitou-se para fora da oficina com a rapidez de um dos seus mísseis. Bruna acompanhou-o, assustada, reconhecendo na pedrada o tom de uma acusação, e viu, logo depois, o que ele já vira.

Claudete, da outra extremidade da oficina, ia arremessar outra pedra quando o herdeiro, irritado, surgiu. A doméstica, surpreendida, não sabia se deixava cair a pedra ou se a guardava no bolso do avental, e nesse dilema afastou-se com ela, tropeçando, no segundo passo, numa tartaruga sempre a caminho de nenhum lugar.

— Que mulatinha malcriada! — exclamou Bruna, vendo pela primeira vez sua rival. — Por que fez isso?

Rudi entendia por que, mas a reprise da pedrada não lhe causava indignação. Pior era a lembrança da primeira, que o separara como uma chibatada justamente da moça que atirara a segunda. Esse fato, gêmeo do outro, deixou Rudi sem reflexos, parado, com os membros em descompasso, como um boneco em movimento cuja corda se rompera.

À tarde não conteve mais nada; a pedrada de Claudete fora seu ponto-final. Com uma espiã por perto, Bruna também não se sentiu à vontade para nova investida. No portão, despedindo-se, surgiu a ideia do passeio ao planetário, absurda, mas à qual se prendeu com o mais convincente dos desejos, como se a astronomia fosse sua grande e secreta vocação.

Portanto estavam no planetário.

Rudi, Bruna e mais uma vintena de escolares uniformizados, em suas poltronas reclinadas, fixavam os olhos no *céu* da construção, e na escuridão que se fez começaram a ouvir uma fita gravada, no início duma viagem reveladora e empolgante. O rapaz ficou todo inquieto ao ver o planeta Marte mover-se em sua órbita ao redor do Sol, enquanto, num telão, eram projetadas desoladoras paisagens marcianas. Seu desejo de ver, ouvir e registrar tudo era um obstáculo para Bruna, que mesmo na grande noite de bilhões de quilômetros não perdia seu objetivo. O misterioso Saturno, com seus anéis decorativos, era agora o astro principal daquela passarela astronômica, o que arrancou "ahs" de estudantes, provavelmente do 1º grau, assustados com o tamanho do planeta em relação aos que orbitavam mais próximos do Sol. Então a *playmate*, sem produzir sons que significassem medo ou surpresa, encolheu-se um pouco na poltrona, como se sofrendo os rigores do inverno sideral, e com sua mão macia e sensível procurou a de Rudi. Ele não evidenciou reações de movimentos, porém, sentiu como se ambos viajassem numa nave através do espaço, completando as sensações armadas pelo planetário. Bruna caiu um pouco mais para o lado dele, chegando ao limite do que a poltrona permitia, e achando pouco segurar a mão do companheiro, passou a telegrafar com as pontas dos dedos mensagens de tensão e prazer. Somente quando Plutão, o último planeta do sistema, se tornou visível, é que Rudi, antevendo o final do espetáculo, reconheceu na astronauta a moça do sorvete, a nuazinha do mês, capaz de provocar enfartes, segundo o bem informado doutor Amarante. Ao acenderem as luzes, Rudi viu a mão de Bruna sobre a sua e, ao erguer os olhos, deparou com o sorriso dela, todo iluminado como a fachada noturna duma loja em liquidação.

Depois dum passeio pelo Parque Ibirapuera, ainda de mãos dadas, Bruna conservando nos lábios fragmentos daquele sorriso, dirigiram-se ao pequeno carro da *playmate*. Quando se afastavam do lago, dois rapazes que passavam pararam, reconhecendo-a trocaram impressões. Uma lufada de vento levou-lhes o nome dela, pronunciado com admiração, gratamente, pela sorte do encontro.

— Aqueles moços sabem quem sou — disse Bruna.

Rudi, no lugar de ficar vaidoso, envergonhou-se como se ela ainda chupasse o sorvete erótico.

— Muita gente reconhece você?

— Sempre, em todo o lugar que vou.

— E seu namorado, gosta disso?

A vida de Bruna Maldonado era um livro aberto...

— Não tenho namorado.

— Aí está uma coisa que nem imaginava, sendo você famosa.

Mais uma página do livro:

— Sou um tanto famosa, sim, mas não rica. Preciso concentrar-me no trabalho. A vida não é muito fácil para uma modelo, principalmente se ela tem certos princípios.

— Você cobra muito para posar?

Ela preferia falar dos princípios, não dos meios e fins.

— Certamente, se eu quisesse, homens não me faltariam. E ricos, até. Cansam-me com suas propostas. Dinheiro não me compra. Acredito no amor, no respeito. Eu sou assim — explicou-se Bruna, não como estrela, mas como figurante ao menos de *A noviça rebelde*.

A volta de carro para a casa de Rudi foi lenta. Bruna não parecia disposta a entregar depressa a encomenda e queria apresentar a Amarante resultados positivos. Contudo, reconhecia, não fizera muitos progressos. Rudi parecia-lhe emperrado. Afinal, qual era o real obstáculo, suas loucuras navais ou a atrevida faxineira? Cônscia de sua beleza e seu poder, Bruna não podia admitir que aquela mulatinha de avental, duma sexualidade apenas infantojuvenil, pudesse ser sua concorrente naquele trabalho. Por outro lado, era normal que não tivesse êxito imediato, desculpava-se, pois jamais lidara antes com superdotados. O importante, concluiu, é que ele deve ter percebido que não sou uma qualquer, apesar dos nus, uma reles mercenária. O namorico no planetário, entre aquelas besteiras todas, fora bem colegial, bastante ingênuo, começo ideal, talvez, para uma coisa mais séria. Contratada somente como degrau sexual de Rudi, com sua cancha poderia ir mais além, por que não? Aquela mãe espevitada, meio loucona também, quem sabe até consentisse num casamento, o príncipe e a plebeia, o que era ganhar na loteca, para quem dividia a exígua *kitchenette* com uma bicha. Precisava ganhar o Amarante para seu plano.

Ao estacionar o carro diante do portão dos Kremmelbein, Bruna saiu de suas reflexões e pregou um beijo na boca do herdeiro. Apanhado de surpresa, ainda sob o fascínio de visões astronômicas, Rudi nem chegou a sentir prazer, para o que faltou sua colaboração. Bruna olhou-o como se pedindo desculpas: não resistira, ele era atraente demais.

– Obrigado pelo passeio – disse o jovem.

Bruna pegou-lhe a mão e não a largou logo, dando tempo ao tempo para despertar aquela sensualidade tardia ou desviada. Nunca tivera paciência para nada, mas, aos vinte e quatro anos, depois de muitas cabeçadas, de pressa para chegar a lugar algum, tinha de aprendê-la, incorporá-la ao seu jeito de ser.

– Quando nos veremos? – Outra precipitação? – Deixe, eu telefono.

Voltando à *kitchenette*, Bruna recebeu um telefonema e em seguida uma visita. Amarante telefonara dum bar próximo. Sabia que ela e Rudi iriam ao planetário e queria informações. Algo imaterial, a moralidade do lar dos Kremmelbein ameaçada pela empregadinha, e algo material, seu salário, precisavam ser salvaguardados.

Ao ver a *Sensação de Setembro* diante da porta aberta, doutor Amarante quase esqueceu o assunto sério que o levara até ali. Bruna Maldonado, mesmo sem o favorecimento do bom papel da revista e do talento do fotógrafo, estava perturbadora. Tinha um brilho que...

– Entre, doutor. Acabo de chegar do planetário. Que coisa maçante é aquilo!

– Rudi também não gostou?

– Ficou vidrado. Se eu não o segurasse pela mão entrava em órbita. Quer água gelada?

Amarante quis, sempre com receio de que Bruna abandonasse a empreitada e o deixasse, ele sim, a ver navios.

– Como ele se portou, mais humanizado?

– Olhe, doutor, se não fosse pelas promessas que o senhor me fez, eu desistia. O que há com aquele rapaz? É feito de alumínio ou o quê? Com robôs não sei lidar.

Amarante colocou um sorriso entre os dois para acolchoar uma provocação.

– Falta-lhe experiência, mas homem ele é. A empregadinha é a prova disso.

– A cafajeste que atirou as pedras? Será que gosta mais daquilo que de mim?

Bruna Maldonado nunca fora posta à margem por qualquer mulher e isso doía. Quem a conhecia jamais a vira tão indignada e humilhada, tão cheia de brios, uma fera, justamente o que Amarante desejava para seus propósitos.

— É evidente que ela não se compara a você, é uma negrinha, mas leva uma vantagem porque a sexualidade dos tímidos sempre se revela no âmbito doméstico.

— O que quer que eu faça? Que pegue uma vassoura e vá trabalhar na casa dele? É isso, doutor?

— Não, mas, pelo visto, o caso de Rudi requer mais agressividade. Seu sexo precisa ser sacudido, entendeu? Algo mais que passeios ao planetário ou ao zoológico.

— O senhor está falando em putaria? Comigo?

— Nem pense nisso. Eu e dona Duducha a admiramos muito. Pode se considerar uma amiga da casa. Mas como Rudi está enfeitiçado pelo vudu de Claudete, consequentemente se retrai diante de você, uma estrela do sexo. Cabe-lhe atacar, tomar a iniciativa, pressioná-lo.

— Eu lhe dei um beijo no carro. Beijo na boca.

— Beijo na boca já é bom, um começo, mas não no carro, correndo o risco de ser presenciado. A mansão dos Kremmelbein tem mil cômodos. Leve-o para um deles, à vontade, force-o, obrigue-o a reagir, ele precisa ser exorcizado, libertado dos filtros que a mulatinha lhe preparou.

— Acha que ela fez mandinga?

— Como homem de ciência não posso crer nessas coisas, mas reconheço certos mistérios nessa área.

Bruna também tomou água gelada. Lembrou.

— Uma vez tirei um namorado duma Miss Brasil...

— Claudete, não nego, é bonitinha, uma Gabriela, porém não o suficiente para ganhar concursos e sair em revistas. Depois de ter um contato maior com você, Rudi talvez queira despedir a empregadinha pessoalmente...

O psicoterapeuta aproximou-se da porta.

— E quanto àquilo de eu ser a garota-símbolo da empresa?

— É uma grande possibilidade, embora tenhamos antes de aposentar um canguru, o logotipo Kremmelbein.

— Já tocou no assunto com a chefa?

— Claro, mas só voltarei a ele com a primeira batalha ganha. Ataque!

18 – Psiu: imoralidades

O resto do dia foi nulo para Rudi; se mantivesse um diário, somente teria a registrar nova espiada no número de setembro da revista, a mão de Bruna sobre a sua no escuro e as soturnas paisagens marcianas. Mais tarde, ouviu grandes risadas de sua mãe circulando pelos corredores a caminho do jardim de inverno, na provável companhia dos jovens poetas, músicos e pintores, artistas de seu séquito, sempre necessitados de sua influência e favores. Rudi, nisso uma réplica do pai, ignorava-os por mais que a mãe lhes enaltecesse o talento. Para ele, o dom artístico era uma qualidade duvidosa e os cultores da arte pessoas estranhíssimas. Um daqueles moços, aparecendo na piscina, morrera de rir ao vê-lo comandar uma batalha, exclamando: "Que *hobby* maluco!". Chamar de *hobby* o seu trabalho era mais do que podia tolerar.

No quarto, deitado na cama, Rudi, com os olhos no televisor, pôs-se a caçar filmes de guerra com o controle remoto. Qualquer imagem que mostrasse tanques, canhões, metralhadoras, aviões de combate o fazia vibrar, embora não o comovessem filmes que punham em destaque o heroísmo. A ação individual, condecorações e hinos patrióticos não o emocionavam. Sua satisfação atingia o apogeu, transbordava, quando um alvo em terra, mar ou ar era acertado graças a um cálculo milimetricamente correto. Ao vê-lo bater palmas após a cena de destruição duma cidade, na televisão, até seu orientador, que o conhecia bem, ficara certa vez constrangido. Mas a verdade é que o almirante, mesmo em sua meninice, jamais matara passarinhos, maltratara gatos ou cachorros, menosprezara velhinhos, nem fora sujeito a acessos de ódio contra alguém ou contra todos. Esse procedimento de mão dupla, contraditório – o destruidor e o pacifista – era para o psicoterapeuta um probleminha, quase um enigma psicológico, que seus conhecimentos se mostravam insuficientes para deslindar. Mantinha, porém, a esperança de que diante do amor, ao viver a primeira paixão é que o verdadeiro Rudi surgisse ou se definisse naturalmente, ocasião em que Duducha talvez o recompensasse com uma bolada ou com um emprego de conselheiro da fábrica.

Rudi já apagara a luz do quarto e procurava não pensar em mais nada quando ouviu um cauteloso e intervalado ruído de maçaneta. Estranhou. Ninguém entrava em seu quarto, principalmente à noite. Ficou tenso com o receio de que se tratasse dum assalto. Logo em seguida percebeu que abriam um palmo de porta, para depois fechá-la. Imaginou que alguém abrira a porta por engano, porém ficou alarmado ao ouvir o que lhe pareceu uma respiração desgovernada, já próxima de sua cama.

— Quem esta aí? — perguntou à escuridão, erguendo o corpo, preparado para qualquer reação.

— Sou eu, Rudi.

— Você? O que faz aqui?

— Psiu!

Psiu? O que queria dizer isso?

A intrusa não respondeu, preferindo em silêncio meter-se sob o cobertor e o lençol, ainda a respirar sem ritmo mas evidenciando uma intenção bastante determinada. Como tinha pouco pano sobre o corpo, apenas o vestido, teve os movimentos facilitados para, sem muito esforço, dividir a cama com Rudi.

– Já que está aqui, diga o que quer.
– Eu precisava ver você... falar com você.
– Não podia ser de dia?
– Com todos nos vigiando?
– Alguém viu você entrar?
– Não, a arrumadeira está de folga.

Rudi continuava intrigado.

– Algum assunto particular?
– Eu odeio aquela moça – gemeu Claudete. – Odeio ela! Odeio...
– Refere-se a Bruna Maldonado?
– É uma sem-vergonha, você não acha?
– Não gosto de julgar pessoas.

A cena não era propícia para diálogos, mesmo sussurrados. Rudi permanecia surpreso, sensível por enquanto apenas aos cheiros que a empregadinha trouxera da área de serviço, mistura de plantas e de temperos culinários. Ela porém não invadira o quarto apenas para compartilhar aquele silêncio escuro. Em movimentos de serpente desfez-se do vestido e, nua, colou-se ao corpo do moço louro dizendo-lhe no ouvido, como se pedisse desculpas, "sou virgem". Faria, porém, o que pintasse, porque o amava *muinto*, sentimento que, multiplicado pelo ódio, dera naquilo.

Rudi, diante da novidade da situação, não tomou nenhuma iniciativa, e teria inclusive cruzado os braços, se a posição na cama permitisse, mas Claudete, rolando sobre ele, deve ter desastradamente apertado algum de seus botões de comando, acionado qualquer alavanca, porque, começando a se livrar do pijama, também sob o lençol e o cobertor, o robô louro, já a ouvir sons equatoriais africanos, os tarampantãs, embarcou com a oferecida na cauda dum cometa desgarrado das órbitas do planetário.

A delícia que Rudi sentiu em escorregar sobre aquelas lisuras, o efeito mágico do escuro, o fato de ter o silêncio noturno como cúmplice, e estímulo, as sílabas e gemidinhos da parceira inesperada, seus cheiros, tudo isso ao mesmo tempo fez que o almirante se satisfizesse depressa demais, ele que na estreia não poderia conhecer ainda os mecanismos de retardamento do gozo, os retrofoguetes que prolongam e orientam as operações finais dum pouso sob controle. Decepcionado com os limites estreitos do paraíso, descobrindo que o melhor era viajar para ele, não chegar, Rudi constrangeu-se mais ainda ao sentir que a serviçal, sempre ágil no que fazia, escapava de seu corpo e da cama para vestir-se num momento e, depois, desaparecer do quarto sem comentar nada nem dizer boa-noite.

Então, sofrendo uma solidão lunar, com os sentidos pedindo mais, sem a certeza de que aquele encontro fora vivido ou sonhado, à falta de provas do acontecido, pois Claudete levara seus cheiros, Rudi levantou-se da cama nu e nu saiu do quarto. Sonambulando pelos corredores da casa, envolto numa penumbra maciça, dirigiu-se para a área de serviço, onde os empregados dormiam, e, sem saber qual era a porta do quarto que procurava, abriu diversas.

– Quem está aí?

Acertara desta vez; Rudi estava no quarto, às escuras, de Claudete.

– Eu.

– Seu Rudi, o que quer aqui?

Um passo, uma cadeira trombada.

– Onde é sua cama? – perguntou o sonâmbulo.

– Seu Rudi, o senhor no meu quarto! – admirou-se a outra voz, escandalizada.

O diálogo terminou aqui, porque o moço logo situou onde se achava a cama, muito mais estreita que a sua, com espaço apenas para palavras soltas, respiros e murmúrios.

19 – Uma noite infernal na boate O Tridente

Duducha atendeu o telefone e logo ouviu uma intimação.

– Por favor, minha gorda maravilhosa, não assuma compromisso algum para sexta-feira.

– Quem é?

– Se prometer não assumir, digo quem sou.

– Orfeu! Bandido, por que desapareceu?

– Desapareci, mas na sexta vou levá-la para aquele antro infernal. Sei o quanto tem sofrido. A morte de Ferd deve ter aberto um buraco em sua vida. Agora chegou o momento da reação. Prometi a mil que a levaria. São Paulo já não se aguenta sem você. Apanho você às dez.

Sim, foi preciso um mês para que Duducha começasse a desfrutar a sensação de liberdade de viúva rica, dona de seu nariz. Na verdade, Ferd nunca a prendera demais, porém, presente ou ausente, aquele estrangeiro calvo sempre lhe tolhera os passos. Mas não a impedira de ser um sucesso: nas festas de sua casa, nos eventos beneficentes ou nas boates, sua alegria de viver, suas gargalhadas e a naturalidade com que pagava as contas gerais sempre repercutiam bem. Quem frequentasse bons lugares certamente conhecia Duducha e a ambição de muitos, desejosos de *status*, era sentar-se à sua mesa fingindo uma intimidade que, embora não possuíssem, podia ser captada por algum cronista social. Certamente em matéria de amizade a senhora Kremmelbein tinha suas preferências, que excluíam pessoas muito idosas, sisudas ou amarguradas. Gostava de jovens, principalmente de artistas, poetas e pintores, que lhe davam oportunidade de exercer um simpático e quase improfícuo mecenato. Essa corte de pequenos gênios que circulavam por boates e privês de luxo, sempre sem um centavo, vivia lhe propondo a publicação de livros de poemas e o patrocínio de exposições de pintura, todos cientes de que, embora Duducha não entendesse nada de arte alguma, tinha uma admiração feita de atenção e espanto pelas pessoas criativas. Nesse séquito que acompanhava Duducha noite adentro, apenas Amarante não pertencia à fauna artística e não lhe pedira nada, sendo o único que uma vez ou outra puxava a carteira quando as despesas não eram alarmantes. Ferd Kremmelbein, que detestava a rapaziada de Duducha, para não se mostrar muito radical dera uma boa nota ao psicoterapeuta, embora limitando-lhe um prazo para obter resultados. Portanto, não apenas o casamento de Duducha, mas também o ótimo emprego de Amarante estava com os dias contados no momento em que serviu de ponto de partida deste relato.

Tudo isso foi dito por nada ou para salientar que agora Duducha estava livre para curtir seus quarenta anos, e, apesar da gota lacrimal que ostentara no enterro, não sentiria nenhum remorso, já que Ferd lhe fora infiel. Por outro lado, precisava apressar-se um pouco porque os tempos estavam mudando. Gente bem informada até lhe garantira que já tinham mudado. Os anos eufóricos de JK haviam ficado muito para trás, outro presidente renunciara, um golpe militar exilara um terceiro e uma ditadura fora implantada no país. A grande farra dos anos 50 se acabara, outra geração bem mais séria surgira, mas n'O Tridente e noutras ilhotas noturnas os ponteiros do tempo haviam se imobilizado. Duducha, a bem da verdade, tivera contatos com as novas realidades, porém não imediatos. Nos dias mais agudos de CCC, quando os Comandos de Caça aos Comunistas estavam mais ativos, ela escondera em sua mansão um dos mais procurados inimigos do regime apenas para atender a um pedido telefônico de alguém que nem sabia exatamente quem era. Ferd quase morrera de susto ao ter notícia de que o perigo vermelho estava hospedado em sua casa, mas Duducha, alheia e fiel ao seu estilo, para afastar suspeitas, ofereceu ao seu clã um espetaculoso baile de máscaras, com a presença da imprensa, do qual o seu refugiado também participou, fantasiado de Pierrô, tendo como par constante a dona da casa. Apenas um mês após, por insistência do marido, Duducha financiou e facilitou a fuga de seu protegido para o Uruguai, tendo o solícito mas apavorado Olegário o levado no Mercedes dos Kremmelbein até Porto Alegre.

Certamente Duducha não deixaria, mais tarde, de revelar aos amigos a identidade do Pierrô de seu último baile, o mais *Wanted* de todos os subversivos, o que reergueu, no final da década, seu prestígio de promotora de brincadeiras e sandices. Mas seria sua última loucura? Não produziria outros *comics* nos anos mais sóbrios que se avizinhavam?

Ao desligar o telefone, o sorriso-gargalhada que soltou já era o da Duducha das noitadas, dos mecenatos e das anedotas picantes. E tendo readquirido o jeito de fazer barulho contagiante com a garganta, precisava, claro, dos ambientes e companhias temporariamente abandonados. Além do mais, Hans, sócio e cunhado, cuidaria de tudo na empresa, pois já não era o sócio-irmão do presidente, um ouvinte nas reuniões, dois de paus, mas um vice com muita voz ativa e capacidade de decisões.

E esse Orfeu, já ouvido mas não visto? Orfeu era um amigo peitoral de Duducha, o mais velho deles, o mais antigo deles, um cinquentão dos tempos do bolero e da cuba-libre, quando começara sua bem-sucedida carreira, um dos grandes beneficiados pelo *boom* imobiliário paulistano. Passada a sonoridade do *boom*, teve de vender muitos dólares para manter sua cadeira cativa na caríssima noite de São Paulo e suas amizades especiais, entre essas, especialíssima, a de Duducha. Na verdade, sempre fora portador e vítima duma insolúvel paixonite pela gorducha, insolúvel, sim, porque o álcool ingerido por ele, tonéis, não tinha sido bastante para dissolver a paixão camuflada em amizade. Duducha sabia-se amada por Orfeu através de fofocagem e até de confissões diretas, quando ele se excedia no uísque, mas, sem dizer sim, nunca lhe dissera não, porque aprendera cedo que jamais se deve pôr um ponto-final em qualquer relacionamento agradável. E Orfeu era o máximo para alegrar um ambiente, bastando-lhe uma única companhia para promover uma festa ou tornar um momento de depressão geral, coisa dos generais-ditadores, numa pândega memorável. Tendo trazido dos anos 50 uma bagagem valiosa de frivolidades e ufanismos, homem de ontem, gastava-a com prodigalidade até nas circunstâncias menos favoráveis. Sem nunca lhe ter ocorrido trair Ferd com ele, Duducha há muito o elegera sua companhia favorita, a mão melhor de apertar, embora Orfeu e seu marido não se suportassem, um desejando cuspir na cara do outro.

O dito foi feito. Na sexta marcada Orfeu apanhou Duducha em sua casa, comemorando o reencontro com um abração travado desde o falecimento de Ferd e que escandalizou o bem-postado Olegário, presente à cena. Meia hora depois, os dois acomodavam-se numa mesa da boate O Tridente, ex-O Lixão, luxuosa, ela com seu *cherry*, ele com o primeiro uísque da série, ainda na fase preliminar de acariciar o copo, brincar com o gelo e testar na ponta da língua a procedência do líquido.

— Acho que vou me lançar num novo empreendimento – anunciou Orfeu.

— Um edifício comercial?

— Ora, não há dinheiro para isso. Uma sauna *gay*! O que diz de ser minha sócia?

— Eu? Está doido. O que vão dizer nas entidades beneficentes que promovo. Fala a sério? Uma sauna *gay*! Logo você...

— Reconheço que não tenho trânsito no meio, mas há o Rubiã... Conhece o Rubiã? Uma espécie de líder deles...

Nesse ponto se ouviu "vejam quem está aí!" e "quem disse que ela não vinha mais?", enquanto balõezinhos de histórias em quadrinhos, cheios de exclamações, erguiam-se das mesas vizinhas. A partir desse momento, o já meio-luto que Duducha vestia perdeu a vigência planejada para seis meses e ela deu início a uma farta e umbigada distribuição de abraços, enquanto o conjunto musical da boate, avisado de sua presença, tocou um dos longínquos êxitos de Charles Trenet, *Retour à Paris*, espécie de prefixo da gorducha e sua constante solicitação nas noites de álcool e nostalgia. Medeiros, o proprietário da casa, aproximou-se da mesa de rosa em punho, diplomaticamente. Duducha de volta a O Tridente era a prova de que seu estabelecimento continuava liderando a preferência da elite.

A mesa de Duducha foi logo rodeada por amigos e a ela imediatamente outras se juntaram, formando uma grande mesa, centro de atenções, colagem propícia para fundir também as contas numa só, pagas por um único bolso, isto é, bolsa. O principal para a viúva era que estava feliz com os reencontros, pouco se importando se havia sinceridade ou interesse naquelas demonstrações de afeto, e ficou ainda mais ao saber, pelo que ouviu, que outro Kremmelbein também logo seria notícia para os colunistas.

— Então seu garoto anda pondo as manguinhas de fora, hem?

— Manguinhas de fora, quem?

— O seu pixotão, o Rudi – informou um rapaz que tentava deslocar sua cadeira para o grupo de Duducha. – Foi visto no Ibirapuera e nos Jardins passeando de avião. E logo com quem? Pasmem, coleguinhas, com a mulher-maravilha, Bruna Maldonado!

A mamãe corujíssima sorriu; então, já repercutira? Seu inventorzinho ganhara a primeira notícia. Como as novidades correm depressa! Exultou.

— O Rudi precisa ter suas horas de lazer. Acho que essa moça, Bruna, saberá como entretê-lo.

Orfeu, perto, ouviu e saiu-se com um grilo.

— Não tem medo duma gamação preta? A moça é um ímã.

— Que nada! Rudi está apenas fazendo o que a natureza pede.

Medeiros, o dono daquilo, que desde setembro sonhava em ter Bruna

Maldonado como frequentadora das noites d'O Tridente para encantar a freguesia, arriscou perguntar:

– Eles são mais que amigos? Quero dizer...

Duducha entendeu e repeliu o espírito da pergunta. Para que Rudi ia querer a chupadora de sorvete da revista? Só para lhe mostrar seus projetos, a coleção de revistas técnicas?

– Eh, Medeiros, o que está pensando do meu pivete?

– Querida, eu só aludia à diferença de idade...

Duducha na realidade não estava certa do ponto a que chegara o relacionamento entre o filho e a *playmate*. Saíam, às vezes, e já havia um mexerico circulante, mas não sabia se o degrau programado por Amarante havia sido galgado, o que a inquietava. Não gostou de, em meio à sua festa de retorno, a melhor noite depois de tantas, se lembrar da perigosa mulatinha da faxina. Decidiu proteger-se de grilos divertindo-se muito, bebendo, dançando. Onde estava o Orfeu?

Orfeu desaparecera da mesa e dos seus olhos. Um ser delicado, apresentando-se como Rubiã, foi sentar-se a seu lado para falar da tal sauna, assunto que ela logo vetou. Um poetinha, chegando-se, mostrou-lhe o salgado orçamento que uma editora lhe enviara de seu livro de estreia. Duducha apenas ouviu, vendo pares dançando e não vendo seu companheiro Orfeu, que raramente a deixava por um só momento quando saíam. Mesmo no seu ambiente, a mão dada para beijarem aqui e ali, não se sentia com força total sem ele. O gás lhe escapava, como se – reconhecia agora – constituíssem uma dupla: Duducha e Orfeu, a Gorda e o Magro (Orfeu era magro), sendo que um sem o outro, decepcionando a plateia, ficasse exposto ao fracasso. Oliver Hardy sozinho não mereceria nem meio sorriso. Onde estava Orfeu?

Enquanto esperava que o amigo reaparecesse, Duducha ia bebendo seus *cherries* um tanto apressadamente, já inclinada a achar a noite chata, rindo só com os lábios se lhe contassem uma piada e tendo ao redor da cabeça, como uma vespa, aquela coisa toda de Claudete, Rudi e Bruna. O Medeiros!

– Viu o Orfeu?

– Eu o vi *in love* por aí, meio escondidinho.

Teve de beber outro *cherry*. Não, não era ciúme, disse para si mesma Duducha, o apaixonado sempre fora ele, não ela, que namorasse com quem quisesse, que morresse de amores, mas tendo partido dele o convite, seu acompanhante, irritava-a ter sido posta de lado, esquecida, desfeita a dupla, justamente na grande noite de seu retorno. E como estava com vontade de rir e dançar! Saíra de casa disposta a arrasar... Não, não ia perder a noite. Orfeu jamais estivera verdadeiramente *in love*, a não ser por ela. Decidiu esquadrinhar todo O Tridente à sua procura.

Duducha rodou pelo salão todo, acotovelando e acotovelada pelos dançarinos, nada; circulou em vaivém pelo bar, nada; entrou no restaurante como se procurasse mesa, nada; espiou na rouparia, nada; e já ia retornar ao seu grupo quando viu Orfeu dançando bem apertadinho. Ao vê-la, perdeu o passo, encolheu-se e depois encompridou-se para esconder com o corpo sua parceira.

– Não vai me apresentar a felizarda? – disse Duducha, que não entendia o embaraço do colega de dupla.

A moça saiu de detrás do seu biombo, rindo, meu Deus, era...

– Já se conhecem? Ela trabalhou na F & H Kremmelbein...

– Conheço, sim – confirmou Duducha. – É a putinha que andava com Ferd.

A ex-secretária ouviu e não gostou.

– O que a senhora disse?

– Disse que você é a putinha que andava com Ferd.

Orfeu colocou-se entre as duas.

– Deixem disso... O que passou, passou. Eu já vou para a nossa mesa, Duducha.

Duducha não se moveu e, fazendo retroceder o teipe de sua vida, resolveu fazer o que teria feito se soubesse de tudo quando Ferd era vivo e a traía com a japonesa.

Bofeteou-a.

Mais pelo som que pelo visual, o bofete chamou muitas atenções, e foi a percussão o que mais ofendeu a nissei, mais a forçou à reação, não de mão espalmada mas de braço estirado, de alto para baixo, porque mais alta que Duducha.

Uma e outra resistiram aos golpes, não desmancharam nem caíram, e, frustradas pelo empate do primeiro assalto, atacaram-se novamente, uma de cada vez, já no centro de um círculo crescente e animado. Orfeu, boêmio pacífico, não sabia o que fazer, e quando o fez foi desajeitadamente, ainda em estado de choque. Como os bofetes não lhe davam vantagem, Duducha usou a técnica da outra, largou o braço, recebendo em seguida uma tapona de Glória, também não satisfeita com sua *performance*.

– Parem, parem, por favor! – suplicou Medeiros, tentando penetrar na roda.

Duducha, a melhor freguesa, tinha direitos na casa: continuou sua ofensiva mais desordenadamente, indo pra cima da nipônica com empurrões e cabeçadas, com tal ímpeto que, para livrar-se, a outra teve de agarrá-la, num empolgante corpo a corpo, ambas já favorecidas pelo público quase total da boate, pois apenas alguns pares, em êxtase romântico, dançavam.

Caindo e depois rolando pelo salão, as duas chocaram-se com pernas masculinas e femininas, provocando uma sequência hilariante de quedas. O fato já deixara de ser dramático ou impactuoso, nem mesmo vergonhoso era mais, para tornar-se o ápice duma comédia escrachada, embora não se soubesse ainda quem a dirigia, se De Sica ou Billy Wilder. Fosse quem fosse, o talento do diretor crescia a cada lance, principalmente quando Duducha Kremmelbein *versus* Glória Watanabe, rolando sobre o tapete e rolando uma sobre a outra, sopradas por um gigantesco ventilador invisível, rolaram também sobre os degraus da escadaria d'O Tridente até os pés do porteiro uniformizado. Aí se ouviram palmas, palmas entusiásticas e compridas, coincidindo com *flashes*, um, dois, três, muitos, já que colunistas e seus fotógrafos sempre estavam por lá a fim de congelarem os eventos sociais da noite.

Então, estando as duas senhoras exaustas, descompostas, suadas, com os cabelos em cachoeira, tendo cada uma perdido um sapato e à falta de celuloide para continuarem a filmagem, Medeiros, Orfeu e Amarante (!), surgindo do nada, conseguiram colocá-las em posição vertical, embora claudicassem à procura dos calçados, que não foram encontrados provavelmente devido à ação de colecionadores de *recuerdos*.

Duducha recusou o braço de Orfeu para levá-la embora, o braço e o corpo inteiro, aceitando o de Amarante que a conduziu até seu carro mancando e desfeita. Durante o trajeto de volta não houve o que perguntar e muito menos o que responder, mas a noite reservaria para a viúva ainda outro vexame, quando o solene Olegário a viu atravessar o grande *living* toda daquele jeito e sem o sapato esquerdo, desequilíbrio fatal para a sua elegância e respeitabilidade de industrial.

20 – *The day after* de Duducha

O primeiro trabalho de Duducha ao acordar foi abrir os olhos, pregados por uma cola feita de *cherry*, fumaça de cigarros e pudores, misturados pela pá ou colher dum ódio soturno. Ódio do destino, que providenciara o encontro com aquela mulherzinha, ódio de Orfeu e de si própria, de sua reação incontida. Não que se lembrasse de todos os momentos da pantomima, de sua extensão e suas etapas, ou da cara dos espectadores; o que revia era um borrão impressionista, mescla de cores e sensações, os ventos dum tufão e muitos tridentes que ornamentavam a diabólica casa noturna. Jogada na cama pelo ontem bravio, nem se mexia, já a sentir na boca um gosto áspero e amargo e dores espalhadas pelo corpo. Pensou em suicídio.

A porta do quarto abriu-se e Olegário entrou trazendo o desjejum em sua pequena mesa portátil. Usava a cara de sempre e disse bom-dia.

– Estou meio morta – ela disse. – Que horas são?

– Onze horas, madame.

— Como dormi! Novidades?
— Um homem esteve aqui a mando do Medeiros, da boate.
Duducha rompeu a inércia, moveu-se.
— O que ele queria?
Olegário mostrou algo:
— Encontraram seu sapato.
Duducha pegou-o e atirou-o contra a parede.
— Não é meu, é duma vagabunda qualquer.
— Pertence à tal secretária?
A pergunta não poderia ser outra:
— Como sabe que encontrei com ela?
A resposta também não poderia ser outra:
— Pelos jornais.
— Jornais.
— Jornais.
— Que jornais?
— Os três que a senhora assina.
— Que dizem eles?
— Que a senhora se encontrou com ela na boate O Tridente.
— Só?
— Bem, há fotos.
— Fotos?
— Fotos.
— Me traga os jornais.
— Aconselho não lê-los.
— Por quê (...)?
— Não lhe fará bem. Tem aí uma bela laranjada.
— Disse que não me fará bem?
— Disse.
— Traga-os.
— Depois da refeição?
— Agora.
— E se tomasse um bom banho antes?
— Agora.
Olegário saiu do quarto e voltou logo em seguida trazendo os três jornais, um da tarde.
— Melhor seria rasgá-los sem ler.
Duducha arrebatou-lhe os jornais das mãos.
Ele, ainda:
— Nada do que diz aí mudará o afeto e o respeito que tenho pela senhora.

– Saia.
Olegário preferiu assim, para não presenciar as reações da patroa.
– Oh, na primeira página...
Era uma chamada para o segundo caderno.

PANDEMÔNIO NA BOATE O TRIDENTE
A senhora Paulina Kremmelbein, viúva recente de grande industrial, acerta contas com uma bela rival.

Pandemônio! Duducha jamais imaginara ver seu nome, ligado a tantos eventos beneficentes, como centro ou propulsor de um pandemônio, palavra geralmente empregada para dar a medida de freges e confusões em antros, inferninhos, forrós e casas de samba. Temeu o segundo caderno do jornal, porém decidiu-se.

Lá estavam ela e a nipônica, rolando as escadas da boate numa sequência de fotos que ocupava um terço de página ou pouco mais. Não notara que na briga seu vestido encolhera até a altura das coxas e que um de seus peitos saltara para fora do sutiã e do vestido. A Watanabe, menos carnuda, até tivera mais sorte, bem-composta em sua roupa justa. E que destaque, *close* maldoso, haviam dado à sua boca, mordendo vampirescamente o pescoço da outra! Pior somente a última, as duas esparramadas sobre os degraus, sem sapatos, puxando-se os cabelos como duas endemoniadas.

A redação não era tão apelativa como as fotos, limitada a informar que "o escândalo do ano" fora motivado por um caso de infidelidade conjugal envolvendo o falecido industrial Ferd Kremmelbein e sua secretária. Sua morte, que parecia o fim de tudo, tivera um epílogo ilustrado, um mês após, que o falecido certamente reprovaria.

Os outros jornais repetiam as mesmas fotos, com inclusão duma inédita, no vespertino, maior que as demais, na qual Duducha aparecia no chão sobre a ex-rival, com seu traseiro semidesnudo lá no alto, sensualidade prejudicada pelo toque de humor e pela legenda gaiata: *UM PRÊMIO PARA QUEM ADIVINHAR DE QUEM É ESSA B...*

Em ambos a redação era econômica, pendendo para a gozação, sendo que o vespertino, de linha esquerdista, não perdera a oportunidade de malhar a vida, os luxos, as extravagâncias e os escândalos dos ricaços. Como são respeitáveis os donos do nosso dinheiro...

Duducha viu e leu tudo muito depressa e muito lentamente na segunda vez. Das reportagens, o que mais permanecia em relevo em sua ressaca etílica e moral eram as nádegas dominando a foto e o rótulo afirmativo: o maior escândalo do ano. Centenas de milhares de pessoas vendo e lendo. Nos lares, praças, bares, escritórios, salas de espera, lojas, mercados e edifícios públicos.

Boa matéria também para ser apreciada nas praias – à sombra dos guarda-sóis –, salões de beleza, saunas, clubes, em qualquer ambiente de lazer e em viagem, de ônibus e aviões. Leriam-veriam inclusive nos hospitais e cemitérios. O governador do Estado e o presidente da República leriam-veriam? As primeiras-damas? Secretários e ministros?

Afunilando a imensa área vexaminosa, Duducha concentrou-se nos íntimos, as senhoras da beneficência, vizinhos e freguesas do Mariinho, e afunilando ainda mais imaginou como o escândalo atuaria nos rostos de Hans, diretores da fábrica, serviçais e na saudável cara de Rudi. Empalidecimentos, gagueiras, taquicardias, testas franzidas, olhos e narizes retorcidos, quiçá, orelhas. Ninguém que a conhecesse leria as reportagens sem reações faciais e respiratórias, sem exclamações de espanto. Talvez até o alfarrábico *Caluda* tivesse sido relançado em circulação, espontâneo como um espirro.

Duducha, que já pensara em suicídio, disse:

– Vou me suicidar.

Antes, por que não beber a laranjada?

Olegário bateu e entrou.

– Tem uma pessoa aí.

– Não quero ver ninguém.

– Certo, não parece pessoa importante.

– Não é aquele rato do Orfeu, não?

– Não.

– Quem é?

– Chama-se Rossi.

Rossi? Duducha conhecia um: o homem do vaso, que Olegário localizara mas não vira. Stênio Rossi.

– Disse o que quer?

– Não.

– Diga que não posso atender.

– Certo.

Olegário já chegava à porta.

– Espere. Mande-o entrar.

– A senhora recebe-o na cama?

Duducha só recebia na cama a visita de Rudi, mas respondeu:

– Recebo.

O inesperado da visita quase a fez esquecer do maior escândalo do ano. O que pretendia em sua casa, naquela manhã aziaga, o homem que mudara o seu destino? Seria novamente o portador de novas ordens e rumos do Além? Ou, meu Deus, o próprio diabo comprador de almas, que depois dum ajutório vinha lhe apresentar a conta?

21 – Conselhos, bolachas e vasos de guerra

Stênio Rossi entrou no quarto de Duducha timidamente, com o mesmo ar lamentoso do primeiro encontro, talvez sua marca registrada, o jeito que melhor combinava com seu terno cinza-claro e com sua gravata azul de bolinhas brancas. Fora de seu ambiente, porém, feito de móveis velhos, tudo muito antigo e em decrepitude, parecia ter dez anos menos, não o sexagenário que vivia com um gato. Apenas um homem de meia-idade prematuramente envelhecido.

– Bom dia, dona Paulina. Obrigado por ter me recebido.

– Puxe aquela cadeira e sente-se. Me diga. Algum problema? O senhor parece um tanto abalado.

– Comigo nenhum problema, dona Paulina. Vim por causa do que li nos jornais, prestar minha solidariedade. Acho que houve muita crueldade naquilo tudo.

Duducha lembrou-se que nenhum dos seus mil amigos e amigas telefonara para demonstrar a mesma intenção. Boa pessoa, o maestro. Se o conhecesse melhor, choraria em seu ombro.

– Meti-me num escândalo – disse ela. – Sou muito explosiva, não deu para me controlar. E como ia adivinhar que havia tanto jornalista lá? Agora estou aqui sem coragem até de encarar a criadagem. Pensei inclusive em me matar.

– Não, não – protestou o violinista, já sentado. Seja forte e supere a situação. Dentro de alguns dias ninguém lembrará mais nada.

– Acha que não, maestro?

– Que assunto resiste a mais de vinte e quatro horas de conversa?

Como aquilo era confortador! A transitoriedade das coisas! Mordeu uma bolacha.

– Quer uma, maestro?

– Obrigado.

– Então acha que passará, logo esquecerão?

– Não conheço a sociedade, mas imagino que tudo nela é ainda mais rápido, uma novidade consome a outra, vive-se o dia que passa... É assim, não?

– É assim – confirmou Duducha, e numa reação quase heroica reabriu um dos jornais, justamente aquele que, abaixo de tal fotografia, propunha: *UM PRÊMIO PARA QUEM ADIVINHAR DE QUEM É ESSA B...* Não devia ter feito isso, porque desarmou-se toda sob o bombardeio dos *flashes* de ontem.

– Aceito uma bolacha – disse o violinista, puxando a cadeira para mais perto da cama e ainda mais solidário. Experimentou. – Deliciosa.

– Não voltarei mais lá – garantiu Duducha. – Não posso voltar mais.

– Há tantos lugares para se ir.

– O melhor seria fazer um longa viagem.

— Isso não — interveio o músico. — Aí seria uma fuga, e fugir sempre é a pior solução para tudo. Fique, enfrente, esqueça. E quem sabe...

— Quem sabe o quê?

— Seja essa uma oportunidade para reavaliar amizades, descobrir quais são as verdadeiras e começar novas.

"Realmente ele fica mais jovem fora de seu apartamento", assegurou-se Duducha, e ficaria mais ainda com o auxílio de um bom alfaiate e se menos cerimonioso.

— Como vai o travesso Mozart?

— É meu único companheiro. No edifício dizem que sou louco porque costumo falar com ele. Melhor que falar com paredes, elas não têm rabo para mexer.

Duducha ameaçou um sorriso, depois travou-o, e acabou deixando que lhe iluminasse o rosto, ela que imaginava não voltar a sorrir pelo menos até o final do ano.

— Ainda não conheço ele.

— É um gato comum, sem *pedigree*, mas parece que gosta de música.

— E não sabe o mal que causou.

— Eu lhe disse, claro, mas fingiu não entender. O fato é que não se aproxima mais da janela.

O gato permaneceu como assunto mais um pouco, até que foi interrompido por outra pessoa que entrou no quarto. O violinista se levantou, todo composto.

— Este é meu filho Rudi. Seu Stênio Rossi é um violinista do Municipal.

Cumprimentos e um aperto de mão.

— Como está, mamãe? Olegário disse que não está boa.

— Não estou mesmo, por causa da noite de ontem, que foi um horror. Ele contou o que houve?

— Ele não, ouvi comentarem na cozinha.

— Sua mãe foi envolvida num... pandemônio. Por azar, tiraram fotos e a coisa saiu nos jornais.

O rádio também deu.

— O rádio?

— No noticiário da manhã. Entrevistaram um tal Medeiros, que falou de prejuízos materiais. A senhora machucou-se?

— Felizmente não, Rudi. O tumulto foi maior nos jornais. E você, meu filho, ficou muito vexado com a história? Nunca é bom saber que a mãe da gente se meteu em confusões.

Rudi tinha seu mundo e o que lhe era exterior não interessava; além do mais, possuía no momento um rabo de palha secreto que, talvez, como o nariz de Pinóquio, crescesse cada vez que Claudete visitasse sua cama.

— Não me importo, as colunas sociais não existem para mim.

— Ele é inventor — Duducha informou o músico. — Já ouviu falar em superdotados? Rudi é um deles. Nem precisa de maquininha pra fazer contas. Multiplique dois milhões, quinhentos e trinta e três mil, duzentos e quarenta e quatro por...

— Oh, mãe, isso só tinha graça quando eu tinha nove anos.

O violinista espantou-se, ele que sempre confundia números ao somar as peças do rol da lavanderia.

— Então faz essas multiplicações?

— Isso é o de menos, faço projetos.

— Que tipo de projetos?

— Miniaturas, brinquedos eletrônicos que funcionam com controle remoto.

— Não disse que é um inventor? Tem uma esquadra — disse Duducha orgulhosamente. — Enquanto me lavo e me visto, por que não lhe mostra seus vasos de guerra? — sugeriu.

Rudi não costumava exibir suas miniaturas, porque a palavra *hobby* sempre surgia para diminuí-lo, mas não disse não àquele homem de aparência simplória, que evidentemente não pertencia ao círculo de amizades de sua mãe e que não tinha, como Amarante, a pinta de quem sabe tudo.

— Acompanhe-me, senhor Rossi.

A primeira parada da viagem do violinista Stênio Rossi pelo mundo de Rudi foi no estúdio, onde o jovem rosado lhe mostrou a pasta de segredos militares e seu complicado conteúdo. Stênio lembrou-se de Mozart, não o gato, também garoto prodígio. Mozart gostaria de Rudi. O que era aquilo? Esboço dum submarino?

— Não parecem projetos de brinquedos.

— Na verdade não são.

— Não são?

— Não, se produzidos em tamanho natural. Mas não disponho dum estaleiro. Vamos à oficina.

— Vamos — entusiasmou-se o músico.

Na oficina o violinista colocou óculos. Queria ver bem, detalhe por detalhe, aquelas maravilhas. A seu lado Rudi acompanhava o crescente interesse do artista, reconhecendo que ninguém até o momento vibrara tanto com suas miniaturas. Claudete também encantara-se, mas as mulheres sempre têm segundas intenções.

— Isto é um couraçado! — exclamou Stênio. — Vi um, em Santos, e era igual! Você é mais que um engenheiro, você tem um dom, um dom...

— Acha?

— Se acho! Um dom!

— Vamos à piscina. Lá poderá ver como funciona o controle remoto.

Com alguns vasos de guerra debaixo dos braços, Rudi encaminhou-se para a piscina seguido pelo violinista, que levava o painel de controle.

Olegário apareceu.

— Ponha a esquadra no mar — ordenou-lhe Rudi.

O mordomo obedeceu contrafeito. Assistir Rudi em suas demências não lhe parecia muito digno, principalmente na presença de estranhos. Depois, aquilo não era mar, era uma piscina.

— Pronto, senhor.

Rudi sentou-se na grama diante do painel.

— Quer ver o couraçado atingir aquele destróier?

— Atingir como? — perguntou o músico.

— Com um míssil, ora.

— Como pode fazer isso?

Mexendo nos controles, Rudi fez o couraçado e o destróier se moverem. O destróier, mais leve e mais rápido, fugia, rumo ao trampolim. O projetista comentou:

— Ele pensa que pode escapar. Muita atenção, seu Stênio, vou fazer o disparo.

Ligeira pressão sobre um botão vermelho bastou para que o couraçado disparasse qualquer coisa muito veloz. Atingido no casco, o destróier pôs-se a girar, desgovernado.

— Veja agora o outro destróier. Agora ele também vai fugir do couraçado.

E foi o que o violinista viu: o segundo destróier em fuga, acionado pelo controle remoto.

— O couraçado vai bombardeá-lo?

— Aperte o senhor mesmo este botão. O vermelho.

Rossi acercou-se do painel com muita emoção.

— Posso?

— Aperte.

Pressão de dedo, um zás, míssil, alvo acertado. O segundo destróier perdeu a direção e bateu num vaso de guerra que não participava das operações.

O artista soltou um grito de satisfação sob o olhar alarmado de Olegário.

— Viu? — perguntou o músico ao mordomo.

— Vi — respondeu o outro, como se comprovasse a gravidade do estado mental de Rudi.

Rossi abraçou o miniaturista.

— Sabia que é um gênio, sabia?

Rudi ficou ainda mais rosado.

— Apenas sigo sistemas. Cálculos perfeitos, resultados corretos. A matemática não mente.

— O que dizem os outros?

— Não costumo fazer exibições, mas os que viram os combates apenas perguntaram quanto dinheiro gastei em tudo isso. O senhor foi o único que soube apreciar. Estranho.

— Estranho por quê?

— Não é músico?

— A música tem muito a ver com a matemática e também procura acertar alvos: o coração, a alma, o intelecto, a memória, os ideais, os desejos... Nunca havia pensado nisso?

— Nunca — respondeu Rudi. — Então também é assim na música?

— Com poucos acordes ela dispara um míssil e quem a ouve logo lembra a infância ou a juventude, o primeiro amor, ou se torna patriota, ou sente vontade de dançar, ou... Está entendendo?

Rudi ia dizer que sim, quando Duducha apareceu num vestido estampado, gorda e colorida como um balão de festas juninas e com uma cara quente, moldura dum sorriso para grandes espaços abertos.

O violinista esqueceu o gênio e sua esquadra, sentindo que aquela quase instantânea modificação, a Duducha da cama para a da piscina, era efeito de sua visita. Sem mira nem sistemas acertara num alvo. Mas o primeiro a falar foi Rudi, que se aproximando da mãe com muita alegria, disse:

— Seu Stênio viu o estúdio, a oficina e uma batalha!

— E estou empolgado! — declarou o músico. — Este rapaz ainda será famoso! Estou com a sensação de que conheci uma pessoa realmente notável!

— Ouviu, Rudinho? Seu valor está sendo reconhecido. Mas diga, maestro, tem algum compromisso? Gostaria que ficasse para almoçar conosco.

Como se acionado por controle remoto, o almirante respondeu por ele:

— Seu Stênio fica, sim. A gente ainda tem o que conversar.

Somente à tarde o violinista teria ensaio e ao sair já deixara a comida para o travesso Mozart, embora até o deixasse passar fome ante aquela dourada opção. Apostava: seria o mais agradável almoço registrado pela sua memória.

A distância, movimentando-se num ir e vir, Claudete olhava o artista com cara feia: não admitia que alguém admirasse Rudi mais que ela. No entanto, a maior ameaça, a loura da revista, supunha ter afastado, pois onde andava ela?

22 – *The day after* de Rudi

Rudi já vivera muitas manhãs formidáveis em sua piscina, comandando a esquadra, mas noite como aquela com Claudete fora a primeira inesquecível. O que sua pele e nervos sentiram na madrugada do capítulo 18 tinha de tudo para ficar como um marco em sua vida. Ao tomar contato com os relevos e recuos de Claudete, seu mecanismo eletrossexual atirou o boné do almirante para o espaço. Se no quarto houvesse uma vela, a sensação teria sido menor, mas um ignorante sexual possuir no escuro uma mulher escura era uma multiplicação diabólica que somente um coração jovem poderia suportar.

Rudi não quis que ninguém desconfiasse do acontecido e a melhor camuflagem era continuar a ser o que sempre fora; armando-se de régua, esquadro e compasso, isolou-se no estúdio para dar andamento ao projeto do submarino, seu desafio. A grande página em branco continuou virgem. O próprio contato do lápis desagradava-lhe. O júnior genial não amanhecera com aptidão para ciências exatas. E o curioso, registrava, era que a serviçal não aparecia no estúdio para a limpeza matinal, como se lhe quisesse dar tempo para lembrar os prazeres da véspera e ponderar sobre suas consequências. Jamais desejara tanto ver um espanador. Aquela manhã, rompendo seus hábitos, Rudi saiu de casa e foi respirar levando a passeio um cão imaginário. Voltou para casa só na hora do almoço, quando soube que a mãe almoçaria na fábrica com Hans, o que lamentou, porque a presença materna, embora pouco austera, poderia limpar-lhe a mente de maus pensamentos.

Ao entrar no estúdio, Rudi percebeu que o espanador já passara por lá, notando também que aquele espaço, antes de tamanho médio, começava a crescer, e com ele sua solidão. Necessitando de paredes mais próximas e protetoras, correu para o quarto e atirou-se na cama. Sentiu tudo de novo, agora com luz e sem Claudete. Um repeteco mais para confirmar ou visualizar os lances noturnos. Saltou de pé e saiu pela casa à procura da moça. Bastava vê-la, acreditava, para descobrir se fora sua vítima ou seu cúmplice. Não a encontrou na área coberta da mansão; circulou pela piscina, lançando olhares, e foi até os jardins da entrada.

Olegário abriu o portão para alguém, Bruna, que chegava num vestido muito curto, a pisar com determinação e elegância as lajotas vermelhas. Por um instante Rudi sofreu o impacto daqueles olhos, mas ela continuava, desde que a conhecera, principalmente ao sol, a refletir o brilho de papel-glacê. Era sempre um anúncio ou exemplar ambulante de revista *for men*, um produto gráfico.

Rudi, com restos da noite anterior na cabeça, teve de forçar e mesmo inventar o prazer da visita. Por outro lado, não desejava ser visto com a moça do sorvete por Claudete, que já provara ser capaz de atirar pedras.

– Olá! – exclamou a fascinante Maldonado. – Lembra-se de mim?

O micromodelista revelou-se um paciente em vias de cura.

– Estou bem, Bruna. Você está bonita!

– A gente faz o que pode.

Antes que Bruna entrasse na casa, Rudi fez a sugestão:

— Vamos almoçar num restaurante?

A *playmate* lançou um olhar panorâmico pela casa, captando todo o verde e os espaços abertos da mansão. Prisioneira de sua *kitchenette* e cansada de frequentar restaurantes, ela replicou, talvez com intenção oculta:

— Sabe, preferia almoçar aqui, mesmo se me servissem um simples lanche.

O êxito do trabalho de Bruna dependia também do tempo que ela permanecesse naquela casa. A intimidade deveria começar lá, no ambiente familiar, na casca do ovo de Rudi.

— Mamãe foi almoçar na fábrica.

— Há mal em almoçarmos só nós?

Rudi de repente achou que era boa ideia: com Bruna Maldonado lá, e todo o seu brilho, a doméstica teria de sair da toca e aparecer. No caso de decisão por cara ou coroa, esta ou aquela, precisaria das duas estampas para o jogo da sorte.

Ao almoço só faltou uma câmera, para enquadrar os melhores ângulos da cena. Rudi e Bruna sentaram-se às cabeceiras, distantes, servidos por Theodomira, copeira, sob a supervisão de Olegário, membro do partido de Bruna. Claudete não apareceu. Terminada a refeição, que teve mais garfadas que palavras, o filho de Duducha, ainda para desentocar a crioula, sugeriu:

— Vamos ouvir música?

Havia uma sala de música ao lado do estúdio, com as melhores máquinas de som, mas a discoteca não era de entusiasmar os jovens. Duducha estacionara no bolero e demais ritmos latino-americanos, enquanto que Rudi não se interessava por discos.

Bruna, sem encontrar nada de moderno na discoteca, optou por uma velha fita qualquer e, assinando o ponto, começou seu trabalho. O primeiro sorriso apanhou Rudi distraído e quase o derruba. Para prosseguir o bombardeio, ela sentou-se num pufe e deu a mais sensacional cruzada de pernas que o moço já vira. Um segundo sorriso o estatelaria se ele não se curvasse pretextando aumentar o volume do som. Entendeu que se tratava dum ataque. A menos de doze horas o virginal filho de Duducha tivera sua primeira experiência sexual e já se esboçava a segunda, com outra mulher.

Para multiplicar o seu propósito, a garota da página dupla abandonou o conforto do pufe e, com a música fervendo em seu sangue, dois pra lá e um pra cá, se pôs a mexer diante de Rudi e a convidá-lo a dançar, marotamente, com o fura-bolo. Como um paraplégico que tentasse andar sem muletas num rinque de patinação sobre o gelo, Rudi fez o mesmo, ambos chachachando a um metro e meio de distância e ao redor deles um nada comprometedor: a mansão sem Duducha era sempre um deserto. Bruna Maldonado, com milhares de horas de dancetarias, boates e discotecas, brevetada em São Paulo, Rio e alhures, estava mais solta; os braços incorporados à dança, mantinha o equilíbrio sobre uma corda invisível, enquanto os joelhos redondos, num sobe e desce, inventavam um balancê que contestava a lei da gravidade. Entre ritmos e gestos, pela primeira vez o nosso Rudi via a jovem da revista como alguém que era mais que uma fotografia, a rival do canguru da marca Kremmelbein, mas um ser corpóreo, animalesco, capaz de rir, ameaçar e morder. Fascinou-se. Mal não lhe poderia fazer uma colherada do remédio do Amarante. Abriu a boca para tomá-lo.

Aí alguém entrou. O erotismo não resiste a portas que se abrem, é volátil e medroso. Claudete, com bandeja e duas xícaras de café.

Bruna continuou a chachachar, mas Rudi prendeu o ritmo musical com os pés estacados. Ficou rígido, pesado, e preferiu não respirar. Mesmo mexendo as pernas, Bruna apanhou sua xícara, ignorando a presença da doméstica.

— Café, seu Rudi?

Rudi estendeu a mão trêmula, pegou o pires mal equilibrando a xícara, um e outro a dançarem, embora o rapaz já não dançasse mais. Num cai não cai, caiu a colher e a xícara ficou no quase, tudo por um triz, sendo preciso que, hábil, Claudete com suas mãos segurasse as de Rudi, pires e xícara, para evitar o desastre. Vitória dela. Então, evidenciado seu poder, o de romper e reatar equilíbrios, sorriu maliciosamente, com os lábios úmidos, deixando para Bruna uma pista molhada de que entre ela e o patrãozinho havia um segredo noturno.

Quando Claudete saiu, afastando-se com um discreto rebolar, o circuito de afinidades entre Rudi e Bruna estava rompido. Alguém cortara a tarde em duas metades.

— O que essa mulatinha cara de pau tem com você?

— Comigo? É apenas uma de nossas empregadas.

A *Sensação de Setembro* subitamente perdera charme e brilho. Deprimida, parecia que a revista erótica encalhara nas bancas por culpa sua. Sua beleza triunfal foi trocada por uma expressão de angústia e derrota.

— Não foi ela que jogou aquelas pedras?

— Uma pedra só.

— Por que não a mandam embora? Viu o jeito que ela me olhou?

— Eu estava olhando para a xícara.

— Com ar de superioridade, como se você pertencesse a ela!

— Notou isso?

Bruna nem quis tomar o café, dizendo que poderia estar envenenado, e, em cima da hora para uma visita a uma agência de publicidade, pediu a Rudi que a levasse até o portão. Lá, procurou conter um pouco seu descontrole, engolir o que pôde de seu despeito. Despediu-se dele com suaves beijos nas faces.

Voltando ao estúdio, Rudi não conseguiu acrescentar um único traço em seu projeto. O resto do dia foi só uma espera, misturada com bocejos e Coca-Cola. À noite, mais cedo do que de costume, retirou-se para o quarto e ligou o televisor, mas não interessou-se por imagens frias. Deixou a porta apenas encostada e, nu, meteu-se debaixo dos lençóis. Milhares de tique-taques depois, ouvidos um a um, vieram passos e o suave ruído dum vestido retirado apressadamente. A espera, constatou, fora boa substituta da surpresa. Foi tudo melhor, mais prolongado e curtido que na noite anterior. Mais tranquilo também porque a mamãezona, depois de sua noite desastrada n'O Tridente, ficara mais recolhida em seu quarto, perdendo o hábito de zanzar à noite pela casa e de chamar empregados que dormiam para servir-lhe drinques e chazinhos.

23 – A ordem é atacar

O doutor Amarante atendeu de imediato ao chamado nervoso da *playmate*. Ela pouco dissera pelo fio, apenas "venha", e ele foi. Encontrou-a com aquele vestido curto da visita à mansão e bebia, trêmula, algo vermelho.
– O que foi?
– Aquele bobão é ainda mais bobão do que supunha.
– Paciência, Bruna, ele acaba chegando lá. Toda estreia é sempre difícil.
– Acho que ele já estreou, doutor.
Amarante fez a cara surpresa dum bispo cuspido inesperadamente pela maior beata da paróquia.
– Rudi já estreou? Como sabe?
– Estive na casa dele hoje à tarde, almoçamos juntos. Tem mesmo um caso com a mulatinha.
Amarante, como se atendendo a uma marcação teatral, sentou-se e, após uma pausa que só as grandes novidades merecem, perguntou:
– Rudi disse isso?
– Não.
– Ela disse?
– Ninguém precisaria me dizer. Estávamos dançando na sala de música quando a fedidinha entrou com o café. Parecia estar havendo um terremoto. Rudi não conseguia equilibrar a xícara no pires. Se ela não o ajudasse, tudo cairia no chão.
– E depois?
– Depois mais nada. Ele perdeu o pique, ficou borocoxô e tive de sair. Pior que a pedrada da oficina. Aqueles estão transando. Li na testa deles.
Amarante riu para contemporizar: nada de exageros.

— Impossível, Bruna.

— Impossível? Mas não foi pra evitar um caso entre eles que você me procurou?

Fora.

— Me dê um gole desse negócio vermelho.

Bruna pôs gelo e líquido num copo, que entregou ao psicoterapeuta.

— Precisamos de um pouco de calma.

— Sabe o que acho? Que estou perdendo meu tempo. Ele gamou pela empregadinha e está acabado.

— Ora, Bruna, entre você e ela não dá para comparar. Qualquer homem normal não hesitaria.

— E ele é normal, brincando de naviozinho naquela idade? Com um médico de loucos sempre ao lado dele? Vou abandonar a raia.

O já aludido abalo sísmico atingiu Amarante, acusado pelo gelo no copo fazendo seu ruído inconfundível. O fracasso de Bruna seria o seu também e o desemprego, a consequência mais imediata. Segurar as pontas.

— Talvez haja algum erro em nossa tática. A falta dum elemento deflagrador...

— O que vem a ser isso?

— Qualquer coisa em você que despertasse algo mais, o toque irresistível, a espoleta...

— O que está querendo? Que eu vá visitá-lo completamente nua, professor?

Não era bem isso, mas a resposta devia estar na foto.

— Lembrei do sorvete... Aquele que você chupava na página da revista. Um detalhe que impressionou Rudi. Onde poderíamos arranjar um igual, Bruna?

— Que história é essa?

— Se o frangote visse você chupando um, ao natural, diante dele...

O riso nervoso dos derrotados e uma explicação:

— Aquilo era de matéria plástica, produzido para a foto. Imagine levar ele na bolsa! O senhor também sai com cada uma... Não tem jeito, não. O bobão prefere a mulatinha e pronto.

Amarante, sempre controlado, senhor dos seus nervos, saiu dos trilhos e quase se atira aos pés da *playmate*.

— Não, Bruna, é cedo para desistir. Depois, lembre que há o negócio do canguru, a mudança do logotipo. Você, como a garota das embalagens Kremmelbein, ganharia uma nota preta. Teria um fixo mensal.

Sensato mas duvidoso.

— Isso se eu tirar a fedidinha dos braços do trouxa.

— Não necessariamente.

Foi a vez de Bruna fazer a pausa, vazia, só ar e mais nada.

— Como assim?

Amarante teve de encher sua promessa com miolo de pão.

– Mesmo se a boneca de piche não morrer afogada, a Kremmelbein ficará lhe devendo um favor, e Duducha e seu cunhado Hans são pessoas honestas. Você será recompensada.

Bruna já ouvira mil promessas não cumpridas, porém sempre há lugar para mais uma quando o dinheiro é curto.

– O que devo fazer, professor?

– Ignorar a cafuza. Ela não existe.

– Apenas isso e cruzar os braços? Resolve?

– Não, claro, deve ignorar a moça e passar ao ataque. Seja mais agressiva. Pegue o touro à unha. Afinal, você foi a *Sensação de Setembro*, não pode perder esse duelo para qualquer uma – declarou Amarante, massageando o amor-próprio de Bruna Maldonado.

O esforço valeu. A *playmate* então garantiu:

– Certo, vou atacar, professor. É o tudo ou nada. Se ele não estiver morto, dobra.

Na noite desse dia, a fatídica, foi que Amarante se dirigiu a O Tridente, onde Duducha retornava aos bons tempos. A intenção era aproveitar sua euforia para pedir um cheque de animação, a título de adiantamento, que a modelo já estava merecendo. Mas logo ao entrar no privê, topou com o rebu todo, gente rindo e gritando, palavrões, os *flashes* e Duducha, como uma possessa, montada em cima de sua ex-rival, tudo formando um quadro que Toulouse-Lautrec imortalizaria com seu estilo e talento. Depois, levou a patroa para casa em seu carango, emudecidos pelo escândalo, procurando ser o mais natural possível, como se aquela fosse a milésima vez que Duducha provocava tumultos em boates. Em seguida, voltou a O Tridente, pisando o acelerador. Viu cadeiras derrubadas, garrafas pelo chão e alguns galos (bossas ou protuberâncias) na testa ou cabeça de alguns fregueses e ouviu mil versões, todas deprimentes, do acontecido. Os mais cabisbaixos eram o Medeiros, que tivera prejuízos materiais e sociais, e o Orfeu, que a todos dizia não saber como pudera amar tanto aquela mulher. Não queria saber mais dela. Já tudo visto e ouvido, Amarante se pôs a beber, retido lá pelo gancho de uma interrogação: que consequências haverá de tudo isso?

24 – Quão belo é o sentimento de solidariedade! Quão!

A presença do maestro fora para Duducha como um biombo entre ela e o fato da véspera. Quando deixou sua casa, à tarde, com uma felicidade maior do que ele, a triste viúva, já sem os amortecedores da ressaca, dispôs-se a enfrentar os rostos domésticos. Vagando pela área de serviço, teve a impressão de que a criadagem evitava encará-la, exagerando lenta atenção nos seus afazeres. Apenas a moça mulata, Claudete, lhe dirigiu um sorriso natural, como se realmente não soubesse de nada. Duducha pediu-lhe que mandasse Olegário para seu escritório e foi esperá-lo depois de selecionar no espelho do *living* uma firme expressão de dignidade.

Olegário entrou no escritório.

— Você leu aquelas reportagens? — perguntou-lhe Duducha, sentada e calma.

— Apenas passei os olhos numa. A senhora foi vítima duma armadilha armada por invejosos e despeitados. Seu único erro foi dar demasiada importância a certas pessoas. Devia esquecer o acontecido.

— Você tem razão, Olegário. Armadilha ou não, foi obra do despeito. Gente interessada em me desmoralizar. Mas já estou seguindo seu conselho: vou superar tudo. Bem, era isso. Pode ir.

Olegário deu uns passos e voltou-se para ela.

— Quanto àquela pessoa que veio aqui...

— O maestro?

— Não é a mesma que suspeitamos ter deixado cair o vaso de flores que matou o senhor Kremmelbein?

— As informações não se confirmaram. Lembra-se que me levou até onde ele mora, não? Na ocasião estava viajando, provou-me isso. Mas foi ótimo ter ido lá. Acho que fiz uma preciosa amizade, embora homem simples. Creio que daqui por diante prestarei mais atenção ao interior das pessoas.

Olegário já cruzava a saída quando Duducha perguntou:

— Alguém me telefonou?

— Sim, jornalistas. Disse que a senhora não podia atender.

Duducha aprovou a resposta e, desta vez, com menos naturalidade, quis saber:

— Hans ligou?

— Não, madame. Quer que ligue para ele?

— Deixe, eu faço isso.

Mas não fez logo. Mesmo pelo telefone aquele enfrentamento era penoso para Duducha. Não eram íntimos, jamais haviam frequentado os mesmos lugares e ele nunca cedia a excessos. Tudo ao contrário dela, Hans, puritano não declarado, solteirão de quarenta anos, tinha muito de professor protestante da escola dominical. Mulher, só constava de seu currículo uma química, com quem se casaria se não tivesse morrido numa explosão num laboratório. Talvez soubesse bem sexologia, mecânica e mistérios da procriação, aspectos científicos do coito e engravidamento, o homem como animal reprodutor, matérias de livros, de artigos de ciência, mas sem exercício prático. Um homem assim, sisudo, monossilábico, avesso a qualquer publicidade pessoal, desses que usam muito a palavra privacidade, não poderia ver e perdoar instantaneamente o escândalo do ano, que envolvia sua sócia, cunhada e presidente.

Sem proferir o batido "a sorte está lançada", mas com uma decisão cesariana, Duducha discou os números do apartamento de Hans, ouviu que era ele e foi dizendo:

— Hans, é a Duducha. Leu os jornais?

— Sm... — seu *sim* dispensava o *i* e tinha um *m* comprido, empurrado pelo *s* ou oculto atrás dele.

— Viu o que aconteceu n'O Tridente?

— Sm...

— Sofri uma agressão...

— Sm...

— Foi aquela mulherzinha que andava com seu irmão, a japonesa. Como podia imaginar que aparecesse lá? Acho que ela foi de propósito para fazer aquela arruaça. Estou vexadíssima, Hans.

Aqui Duducha esperou por um "sm" que não veio.

— Quando dei por mim estava envolvida num grande barulho e cercada de fotógrafos. Parecia uma coisa toda preparada. Mas quem começou foi a mulherzinha. Se Ferd soubesse com quem estava se metendo... Que zorra! Se eu não fosse forte, hoje estaria entregue às traças. Está ouvindo, Hans?

— Sm.

— Bem, espero que não se aborreça muito e que saiba que fui uma simples vítima de tudo. Não sou dada a rebuliços e badernas! Você bem sabe, não é?

— Sm.

— Era isso, Hans. Esta semana talvez não apareça na fábrica. Melhor, até que assente a poeira. Fique em paz e não se preocupe comigo, que sou uma fortaleza.

— Sm.

Duducha desligou o aparelho não satisfeita. Como poderia avaliar as reações de Hans, seu estado de espírito, com duas letras apenas? Sentiu-se só e já quase com saudade do maestro. Que pessoa repousante! Ele conseguira isolá-la do mundo, colocá-la numa redoma durante algumas horas. Que milagres faria com seu violino...

Alguém entrou com uma braçada de flores, o Amarante.

— Boa tarde, dona Duducha.

— Quantas flores! Aí está uma coisa que não esperava receber hoje.

— A forma que encontrei de expressar minha solidariedade.

— Desculpe-me, ontem, quando me trouxe, não estava em condições de conversar. Belas flores! Mas que rebu me aprontaram, não? Olegário diz que foi tudo inveja, despeito...

Amarante estaria de acordo? Estava.

— É evidente que sim... A senhora provoca muita ciumeira com seu espírito, sua projeção, sua inteligência... Os que lhe estão abaixo não perdoam.

— Leu os jornais?

— Li, com muito ódio. Pensei até em dar alguns safanões naqueles colunistas, mas achei melhor não agitar mais o assunto.

— Agora é deixar o tempo rolar. Mas, anote, daqui por diante serei outra mulher.

A ameaça de mudança não agradou muito ao homem de ciência. Outra?

— Experiências melhoram a gente.

— Não quero saber mais de lugares como O Tridente. É expor-me demais. Algum daqueles amigos fez declarações a meu favor? Tomou o meu partido? O que querem é espetáculo. Da minha parte não terão mais.

O psicoterapeuta serviu-lhe uma colherzinha de ódio.

— Ainda mais agora, com a tal Watanabe em circulação! Que mulher execrável!

— E precisava ver a arrogância dela! Graças a Deus não se casou com Ferd... — disse e desdisse: — ... não quero dizer que foi melhor ele ter morrido, longe disso.

Amarante, veloz:

— Eu entendi o sentido. As tais linhas tortas.

Claudete entrou no escritório. Avisada de que alguém trouxera flores, apressara-se em recolhê-las num gostoso caminhar. Estava fresca aquela tarde, com um balanço sensual, redesenhado. Quando saiu, Duducha comentou:

— Não se pode culpar Rudi de mau gosto.

— A aventurinha está no fim. Rudi subirá de turma, como se diz no turfe.

— Soube que a moça da revista esteve aqui.

— Eles estão se dando bem. Bruna tem muito jeito, sabe das coisas.

— Espero que saiba também refrear suas ambições.

— Nem duvide. A meta de Bruna são as revistas, a fama. E neste caso o que pretende é ser a garota-símbolo das embalagens.

— Mais graça que o canguru ela tem. O difícil é convencer o Hans. É um conservador, sempre foi contra mexer nas marcas e no logotipo. Reflexo da vida dele, que é uma rotina chatíssima. Olhe, eu até preferia nem cuidar desse assunto. Quem sabe você, a própria Bruna, vamos ver.

Rudi entrou no escritório, hesitante.

— Mãe...

— Não cumprimenta o doutor Amarante?

— Mãe, anunciaram na TV que vão falar daquilo no jornal das sete.

— Não assista, dona Duducha.

— Por que não? Nunca estive tão calma. Vamos assistir juntos, doutor.

Duducha ligou o televisor do escritório, transferindo toda sua ansiedade oculta para o dedo que apertou o botão. Fazia questão de mostrar aos outros, e principalmente para si mesma, que o golpe matutino havia sido superado, pouco já se importando com o pandemônio d'O Tridente. Começou o telejornal, que contou e exibiu cenas de conflitos entre judeus e palestinos, confusões grevistas com gás lacrimogênio na Argentina, o plano anti-inflacionista de um ministro inseguro, um gol sensacional do meio do campo e, por último, o rebu no privê O Tridente, registrado por um cinegrafista amador que fazia no local uma reportagem sobre endereços noturnos, *São Paulo é assim*, que pretendia vender a uma emissora de televisão. Em tom gozador, o narrador deu voz a uma sequência de *takes* ao som dum *ragtime* que lembrava velhos e saudosos pastelões, pondo em destaque, como atriz principal ou convidada, conhecida senhora da sociedade, em noite de acerto de contas e virada de mesa.

Amarante, sócio de diversos cineclubes, apaixonado pelo cinema antigo, fã incansável de Buster Keaton, Chaplin e Joe Brown, ao ver tal obra na telinha permitiu que um sorriso lhe escorregasse pelos lábios, e quase faz estourar uma gargalhada, se não observasse a tempo a reação que o filme causava, ao vivo, na intérprete principal. Duducha, com a cara a palmos do vídeo, flagelava-se mordendo as pontas dos dedos, pouco porém para conter sua raiva, à qual bastaria uma gota de nitroglicerina para explodir, levando a mansão pelos ares. Na ponta de sua poltrona, como estudante que pagara meia-entrada no cinema, Rudi somente revelava curiosidade, o outro lado da mãe, o outro lado da lua, a atenção de quem visse algo raro, um boto-cor-de-rosa, sem ar de sarcasmo ou reprimenda, preocupado em ver sem perder nada para melhor conhecer as pessoas, ignorante, como se julgava, em tudo que se relacionasse aos mundos alheios.

O cineasta não era absolutamente um artista; imbecil em matéria de planos, cortes e lentes, mas sua câmera era boa e a matéria excelente, dispensando-lhe a tarefa de inventar, criar sensações, dirigir, em suma, mesmo porque não houvera ensaio nem havia *script*, tudo espontâneo, acontecendo, espalhando-se. Sua única diretriz, intuição de amador, foi fixar-se no miolo daquela confusão, onde estava a mola propulsora, a senhora gorda, o que dava certa unidade ao trabalho. Não se podia negar-lhe, no entanto, a qualidade da presteza, da movimentação ágil, o que demonstrou quando a ação se transferiu para a escada e as duas mulheres em foco rolaram pelos degraus, ficando a mais rechonchuda sobre a outra, com suas volumosas nádegas no alto, intuindo aproximação, *close* e corte.

Duducha soltou um palavrão, o primeiro de sua vida dito diante do filho, quando se voltou e viu Olegário à porta em sua postura teatral, respeitosa, como se acompanhasse pela tevê cenas dum desfile patriótico. Ela, que não fazia questão de audiência, odiou a presença de Olegário, mas ignorou-o, e para provar que sua raiva era autêntica, que não cometera nenhuma gafe, repetiu o palavrão.

Amarante mais uma vez pôs sua solidariedade na vitrina.

– A senhora tem razão: filhos da puta!

Então todos olharam para Olegário, esperando ou exigindo que também, solidário, rompesse por instantes sua seriedade profissional. Embora não filmada, a pausa cresceu dentro do escritório. Estaria em risco o emprego de Olegário?

– Estou de pleno acordo – disse. – Eles são isso mesmo, madame.

Duducha aproximou-se, querendo uma prova mais evidente e menos censurada de solidariedade.

– Isso o quê, Olegário?

– Isso.

– Que isso?

– Filhos da puta, madame – confirmou o mordomo, com respeito.

O mordomo deixou o escritório, que logo ficou pequeno demais para conter todo o rancor de Duducha. Ficaram Amarante e Rudi, um sem palavras, o outro sem ação. Pareciam atores que coincidentemente tinham esquecido os papéis.

– Que marca de câmera será que ele usou? – perguntou Rudi.

Amarante ia dizer qualquer coisa, mas substituiu essa qualquer coisa por outra. Confidencial.

– Encontrei com sua deusa outro dia. Bruna. Parece que está embeiçada. Falou de você o tempo todo. Acho que conseguiu impressioná-la. Parabéns!

– Receio que ela não entenda nada de miniaturas – declarou o rapaz no mesmo tom.

Para satanizar o ambiente, já conspurcado pelo palavrão, o psicoterapeuta quase roçou os lábios no ouvido de Rudi, para perguntar:

– E faz diferença?

25 – Três flagrantes noturnos: Rudi, Stênio e Bruna

A dose de malícia que o doutor Amarante pôs em sua pergunta foi tão grande que Rudi teve de dissolvê-la com muita Coca-Cola para não se intoxicar; o certo é que não se apressou em dar uma resposta, nem a ele nem a si próprio, sempre tardo em questões fora do âmbito da matemática, da computação e da geometria. Isolado em seu quarto, tentou fixar-se em Bruna Maldonado, em quem via um teste qualquer imposto pelo seu orientador, uma prova a vencer, ou uma agente sob seu comando, para melhor dominar-lhe a vontade. Se cedesse a ela, conjeturava, seria vitória para Amarante, que, impressionando sua mãe, passaria a ser o todo-poderoso da casa, o homem providencial, a quem se deveria consultar nas mais íntimas circunstâncias. Não se concentrou muito tempo, porém, em Bruna e no que ela talvez representasse, pois já era meia-noite. Via no relógio elétrico de ponteiros luminosos a hora que Claudete costumava aparecer, e, às vezes, seu longo depois. Ela demorava, o que Rudi não podia saber se era tática sexual ou procedimento espontâneo. Nos dois encontros anteriores Rudi não pedira, "venha", e ela não prometera, "virei", como se coubesse a um terceiro, a noite, a grande cúmplice, resolver por eles. Naquela, devido aos tumultos do dia, Rudi preferiu, a princípio, que a serviçal não aparecesse, mas a partir da meia-noite, hora tão do gosto de fantasmas e amantes, quando tudo vivido em vinte e quatro horas já cansara, passou a aguardar sofridamente por ela.

Claudete não apareceu. Supondo que o escândalo familiar tivesse abalado Rudi, com certeza preferira não ir, ou sua ausência fazia parte da tática aventada, de alguém em desvantagem no tabuleiro, concentrando em cada lance toda sagacidade de que fosse capaz. O computador de Rudi, mesmo entre duas únicas possibilidades, ficaria no "não há registro". Mas seu poder especulativo não chegava à área de serviço; naquela noite, como em outras, fora apenas o moço louro, príncipe e herdeiro, à espera duma noite de prazer, melhorada pelo segredo a dois e condimentada pelos tarampantãs africanos.

Para Stênio Rossi a noite começara mais cedo, ainda com sol. Como artista, sempre ligara o amor ao luar, e já saíra da casa de Duducha enluarado, sentindo a vida mais macia, mesmo quando entrou num ônibus lotado. Quem diria que um vaso despencando do peitoril da janela, quase como a maçã de Newton, poderia mudar todo seu destino! O amor, para ele, há muito se tornara apenas um tema musical, expresso em sete notas, sem realidade fora das pautas, digno ou deplorável segundo o talento do compositor. Amara, sim, na mocidade, principalmente Ismênia R. Batista, com quem casara e vivera sete anos, até o dia em que ela desaparecera, deixando um recado espetado com alfinete numa banana de cera da fruteira ornamental da sala de visitas. O alfinete continuou espetando seu coração cerca de quinze dias, até que foi rejeitado pelo organismo e a ferida, cicatrizada ao começarem os ensaios de uma difícil sinfonia de Beethoven. Daí por diante Stênio passou a dedicar-se exclusivamente ao violino e mais tarde também a Mozart, presente dum harpista da orquestra aflito por livrar-se dos filhotes de sua gata. Entre as cordas de um e os pelos de outro resumia-se sua vida.

Naquela noite houve espetáculo no Municipal, um programa variado reunindo peças românticas entre as mais breves de Schumann, Schubert, Beethoven e Strauss, a preços módicos, dentro da campanha estimulada pela Prefeitura de divulgação da música clássica. Por estar o teatro repleto, os músicos com muita intenção de agradar a um público pouco afeito ao gênero, ou porque estivesse redescobrindo o amor após o intervalo que fora da banana espetada ao vaso de flores, Stênio caprichou como nunca naquele espetáculo, pôs toda a alma nos dedos, tocou tudo que sabia, ousou, foi além ainda, a ponto de provocar olhares dos colegas do naipe de cordas e outros, enciumados do primeiro violinista da orquestra.

Ao terminar o recital, o mais aplaudido da temporada, o de palmas mais longas e de muitos bravíssimos da plateia, camarotes, frisas e arquibancadas, o maestro saindo e voltando ao palco até ceder um bis, Stênio foi cumprimentado e abraçado até por músicos da percussão. Mas o abraço mais estreito e perplexo foi do Cenccini, o regente, que lhe disse com forte emoção:

— Você tocou com a segurança dum mestre e a impetuosidade dum jovem.

A segunda parte do elogio satisfez mais a Stênio porque mais reveladora: quem ama tem a impetuosidade dos jovens. Não se retirou logo para casa; ficou com os colegas conversando nos camarins e depois num bar próximo, falando mais que ouvindo, falando mais que nunca e que todos. Sem comentarem, captaram afirmativa ou interrogativamente: algo acontecera com o Stênio (?).

A mesma noite de Bruna Maldonado não foi de espera ou de triunfo. Com os olhos arregalados e a boca aberta, leu num jornal o escândalo que dona Paulina armara no seletivo privê O Tridente. Ela, que vendera enciclopédias no primeiro emprego e que fizera embrulhos numa loja do centro no segundo, sempre vira os do lado de lá, os ricos, com um respeito plebeu que lhe curvava o pescoço. O peso da miséria paterna não lhe permitia olhar os bem-nascidos com o queixo em posição normal, frente a frente, sem inibições – principalmente mulheres.

— Mas que grossura! Isso é uma cafajestada! Ela, com aquela panca de duquesa!

Leu e releu a matéria, viu e reviu as fotos tentando trucar numa única imagem a dama, mamãe de Rudi, com a corticeira da pancadaria, ou, se mais fácil, colocar a do pandemônio na mansão e a da mansão na briga danada do privê. Para varrer a mente e pensar depois, Bruna ligou a televisão, sua janela para o mundo, mas justamente no momento em que corria o filme do cineasta amador, o que a dispensava de imaginar o resto; tudo ali estava seguidinho, em cores e comentado por alguém que sabia pingar os "is" e transformar pontos em reticências. O resultado para Bruna foi novo arregalar de olhos e abrir de boca.

– A gorda pirou mesmo e eu com aquela cerimônia toda!

Tratara como *lady* uma mulher que resolvia suas diferenças e questões a bordoadas. O que era mais feio, posar nua em revistas ou provocar catástrofes em boates? Com a vantagem de ter a resposta mesmo antes de se fazer a pergunta, Bruna Maldonado largou-se na única poltrona de sua *kitchenette* e pôs a tremer os móveis, o apartamento e o edifício de 28 andares com uma gargalhada es-tron-do-sa, que se posta numa história em quadrinhos ocuparia a tira inteira com ah! ah! ahs!

Nisso a porta se abre e entra no apartamento o companheiro de espaço da modelo, Maize, bailarino, uma finura de rapaz, todo espantado com a gargalhada ainda em curso. Antes que ele perguntasse "o que houve, minha santa?", Bruna já lhe passou o jornal, pois, como confidente, sabia de suas transas.

– Ah, já vi esse e outros jornais, é o *talk of the town*. Quem diria, metida num rolo desses, a grã-finérrima mãe de seu bebezão!

– E eu, boba, tratando-a como rainha!

– É que você não conhece bem o mundo lá de cima, tem muito mais baixarias do que imagina. Rola de tudo, coca, sacanagem, ladroeira. Mas não mude com ela, faça de conta que não sabe de nada, pra não quebrar a cara.

Bruna já se valera dos conselhos do Maize e prometeu:

– Com ela serei a mesminha. Mas com o robozão vou agir como o Amarante falou. Chega de sutilezas. Bruna Maldonado não pode perder a vez pra uma empregada mulatinha, pode? É até uma questão de honra.

– Concordo. A *Sensação de Setembro* posta pra escanteio pela Senhorita Espanador é dose!

– Agora com licença, vou continuar a gargalhada.

26 – O ataque: quem tem medo de Bruna Maldonado?

A paz voltou ao território de Duducha, pois escândalos em sociedade são tão perecíveis como figos ou telenovelas após a exibição do último capítulo. A pior consequência do havido foi ter que se ausentar do salão do Mariinho, que, muito compreensivo, mandou uma de suas profissionais à mansão para os serviços de beleza. Mas ela não se entocou entre quatro paredes: decidiu interessar-se mais pela indústria, à qual passou a ir todas as tardes, a visitar velhas amigas, dos maus tempos, e a frequentar o silêncio matutino ou vespertino das igrejas.

Rudi tinha as revistas pela manhã e à tarde a prancheta, o mesmo de sempre, com exceção de suas noites, não o mesmo de sempre. Numa tarde, no estúdio, em que ele supunha ter encontrado a chave do funcionamento de seu submarino, em vias do heureca!, dedos suaves lhe pousaram no ombro. Voltou-se: era Bruna Maldonado sorrindo, mais bonita que das vezes anteriores e, sabendo disso, cheia de cores, todas chegadas ao vermelho, apertadas no corpo para revelar ainda mais os relevos e, com aquela montanha de cabelos louros que a faziam mais alta, ofuscante e poderosa.

— O Olegário disse que você estava aqui e fui entrando.

Ele, aerofágico, num susto:

— Estava desenhando o submarino...

Bruna viu as borbulhas e abraçando trouxe Rudi à tona. Envolveu-o tentando excitá-lo sob pressão muscular.

— Esqueça o submarino.

— O caso todo era uma válvula...

— Estava morrendo de saudade.

— Houve um bode com mamãe – disse o jovem, que não era de comentar incidentes familiares.

— Eu sei, mas o que importa? O mundo é nosso – confidenciou.

— O quê?

— Disse que o mundo é nosso.

Mesmo enlaçado pela serpente, ele pôde falar:

— Tem visto o Amarante?

A *playmate* encostou o lado esquerdo do rosto no direito de Rudi, vítima dum desejo incontrolável.

— ... Não.

— Também não o tenho visto.

Um pedido de Bruna, perdida no deserto, sedenta, a um beduíno de aspecto germânico:

— Beija-me, vamos.

Rudi beijou-a na face, como se fosse a testa da vovó. Apesar dos esforços da moça, não acelerava. Seria apenas uma válvula que faltava ao submarino? O bastante para permitir e depois deter a entrada da água? E em caso afirmativo, que material usar? Plástico ou alumínio?

— Na boca – foi uma ordem.

O rapaz obedeceu, conformando os lábios como provador de vinho: provar e cuspir.

A *Sensação de Setembro* ouviu o comando de Amarante, atacar, e tomou a iniciativa da ação, beijando o inventor como se ele fosse o único homem que restasse na Terra após uma epidemia ou guerra atômica, como se fosse Julieta acordando no mausoléu dos Capuletos a tempo de salvar Romeu do suicídio, como a rainha Berengária beijando Ricardo Coração de Leão de volta das

Cruzadas. E simultâneo ao beijo, as mãos massageando as costas do amado, os seios em movimento, as coxas metendo-se entre as pernas dele. Nada em seu corpo permanecia fora da luta ou pacificamente à espera dos resultados, na mesma tensão com que estrangularia o canguru da marca Kremmelbein, se necessário. Por fim, para que não faltasse ar na atmosfera, quase por um dever ecológico, o rosto de Bruna afastou-se uma polegada.

– Quer um pedaço de torta de frutas? – perguntou Rudi.

– Quer que tire a roupa?

– Já vi seu corpo na revista.

– Mas não é só para ver. Estou apaixonada. Faço o que quiser – disse Bruna.

Como se tivesse um para-raios na cabeça para defender-se de descargas elétricas, Rudi permanecia impassível. Descobria que não rejeitava a *playmate* apenas para se opor ao jogo psicoterapêutico de Amarante. Nem era para evitar que, sugando o sangue da família, ele a dominasse. Havia uma área escura entre os dois, de cerca de 1,60 metro de altura e 55 quilos de peso, chamada Claudete.

– Pode vir alguém – disse Rudi ajuizadamente.

Bruna foi até a porta e girou a chave.

– Assim não haverá flagra.

A simplicidade de certas soluções nem sempre agrada a físicos e matemáticos; preferem trabalhar complexidades.

– Podem bater na porta.

– Rudi, não vamos perder tempo – disse Bruna, retirando a blusa, a aproximar-se dele com os seios nus. A *Sensação de Setembro* não precisava de sutiãs. Mas não desvestiu mais nada; era uma amostra grátis; se quisesse mais teria de suplicar. – Já viu coisa igual?

– Não – confessou a frio. Rudi via a aliada de Amarante como um quadro duma exposição. Manteve a distância aconselhada pelos frequentadores de galerias.

Bruna, que ainda tinha nos ouvidos a ordem de comando do psicoterapeuta, atacar, acercou-se do alvo refazendo sem blusa o esfrega-esfrega já feito. Seus seios eram volumosos mas compactos, seios de revista, mais alvos que o resto do tronco, amorenado pelo sol de praias e piscinas. Rudi também usava blusa, que ela puxou até o pescoço dele, como se encantada pela sua tez clara. O contato agora era direto, pele com pele, prazer expresso com algum exagero nos olhos e na boca da *playmate*. Como o moço não reagisse ainda, apenas presente à cena, ela antecipou e prolongou um beijo decisivo, o grande teste de correspondência amorosa, cujos humores e sabores rejeitam ou delatam a mentira e o fingimento.

Bruna, antes de terminar o beijo, já não beijava. Afastou o rosto, olhando o parceiro com bronca.

— O que foi, não gostou?

Não que ele não gostara, simplesmente não ouvira os sons rítmicos da misteriosa selva claudetiana. O beijo de papel da senhorita Maldonado era silencioso e químico demais, faltava-lhe o gostoso das frutas.

— Gostei.

— Quer outro?

Rudi baixou sua blusa.

— Não está sentindo um friozinho?

O que era aquilo? Gozação? A Bruna do planinho estudado do doutor Amarante já não estava ali.

— Diga, você não é chegado a uma xoxota ou está gamadão na pretinha? Abra o jogo, Rudi. Gosto não se discute.

— Que pretinha? — espantou-se o príncipe.

— Aquela fedida, a empregada. Mas me conte. Vocês andam só de amassos ou está comendo ela?

— Refere-se a Claudete?

— Sei lá, nem quero saber o nome da peça. Abra o olho, fofão, pra não pegar uma gonorreia daquelas! Mas se prefere assim, tá — disse Bruna, já se dirigindo para a porta.

Rudi reagiu em tom magoado:

— Você me enganou. Pensei que apreciasse minhas miniaturas, mas nem se interessa por elas.

— Ah, os seus naviozinhos? — riu-se Bruna. — Quer que lhe diga o que devia fazer com eles? Quer?

Bruna girou a chave e saiu irritada do quarto. Logo depois voltava apressada e pegava a blusa, vestindo-a.

— Aquele mordomo de fita de terror me viu assim. Mas ele que se foda! — disse a *playmate*, saindo novamente do quarto.

Meia hora depois Bruna entrava em sua *kitch* fazendo barulho e de cara feia. Maize, que estava lá, até se assustou.

— Virou onça por quê?

— Deu azar na casa da Duducha. Estou tinindo.

— Como é que foi o babado?

Bruna, chutando os sapatos e tirando o vestido, foi contando o que aconteceu no estúdio de Rudi. Terminou sua história nua e possessa.

— Acabou tudo. Não posso voltar mais lá. E o pior é que estou na maior merda. Ninguém me chama pra foto e desfile. A putada me esqueceu.

Maize não podia ver a amiguinha sofrer.

— E o tal médico de cuca?

— O Amarante? Quando souber da trombada que dei no garoto não vai querer mais nada comigo.

— Mas você se empenhou, perdeu um tempo danado com o bobão, isso não vale uma grana?

— Se eu chorar um pouco, quem sabe...

Aí, lembrando de algo, corrente elétrica que o sacudiu todo, Maize disse o que soou como uma boia salva-vidas em mar revolto.

— Mas... e o canguru?

A última cartada ou já um boca a boca?

A luz que acusava os interesses de Bruna se acendeu.

— O canguru? Ah, tem o canguru... Pode dar pedal.

27 – Amarante: deliciosamente satânico

Houve então uma sequência começando por um diálogo entre Amarante e Olegário, à beira da piscina, em que mais importante que as deixas e falas foram as caras expressivas feitas pelos dois.

— A moça saiu de peito nu do estúdio. Chegou até o *living* e depois voltou correndo. Sorte que dona Duducha não estava.

— Acha que ela e Rudi...

— Acho que não, alguma coisa não deu certo. Ela saiu daqui bufando. Pelo jeito, doutor, não volta mais.

— E o garoto, como está?

— Entusiasmado com o tal submarino.

Nada é mais sintomático de crise que um arrepio no calor. Amarante viu o edifício de seu projeto implodir. Com os aluguéis subindo dia a dia, nem poderia reabrir sua clínica. Dirigiu-se preocupado ao estúdio.

Rudi, na prancheta.

— Como vai, Rudi?

— Acho que desta vez a coisa sai.

— Que coisa?

— O submarino.

— Está empenhado, não?

— Se eu produzir um, ficará mais fácil convencer tio Hans a montar a fábrica de brinquedos com mamãe. Não existe nenhum nas lojas que mergulha, move-se, volta à tona e dispara mísseis. Ele ficará embasbacado.

Amarante aproximou-se da prancheta como se o projeto realmente lhe interessasse, o que comprovou com perguntas que exigiam respostas técnicas. Só algum tempo depois, com sua ansiedade embaçada pela fumaça dum cigarro, lembrou:

— E aquela moça, a Bruna?

Voltando ao trabalho, que pedia uma reta firme entre dois pontos, Rudi disse:

— Descobri que é uma ignorante em miniaturas. Ela esteve aqui, portou-se muito mal e foi embora. Não me serve como amiga.

— Mas ela se mostrava tão vidrada em você! Tão...

— É um tanto vulgarzinha. Disse uns palavrões.

Vulgarzinha? E Claudete, era de elite? Mas certamente o cauteloso Amarante fez tais perguntas só para uso próprio.

— Vocês não vão se ver mais?

— Não faço a menor questão, ainda mais agora que estou trabalhando de verdade no submarino.

Claudete entrou com uma bandeja e duas xícaras de café. Amarante olhou-a à procura de indícios: ela seria a culpada ou parcialmente culpada do desenlace entre Rudi e Bruna? O que viu foi apenas uma mulatinha apetitosa servindo delicadamente duas xícaras de café. A empregada e o patrãozinho, nada mais. Talvez ele, Amarante, errara ou precipitara-se ao dar à *playmate* a ordem de atacar, influência, quem sabe, do espírito bélico do próprio garoto. Tomou o café, despediu-se e saiu.

Um zás e Amarante tocava a campainha da *kitch* de Bruna Maldonado. Maize abriu a porta; cabelos onduladinhos, calças de bailarino, sapatilhas, uma graça de rapaz. Foi avisar Bruna no banheiro e quando ela saiu ele entrou para deixá-la a sós com o visitante. A modelo apareceu envolta numa toalha cor-de-rosa.

— Estou apenas dando uma passadinha. Soube que esteve na casa da Duducha.

Recepção fria.

— Estive, mas já vou dizendo que não volto mais. Seu planinho não deu certo, doutor. O garotão da Duducha não tem tesão por louras. Ele que fique com a boneca de piche.

— Você fez tudo certinho? Atacou?

— Bem, fiz o que pude, mas sempre há um limite. Tenho minha moral.

— Claro.

— Mas não se preocupe, doutor. A escandalosa da mãe dele não vai chatear muito se o filho gamar pela empregada. Depois daquele bafafá na boate deve estar mais cordata.

— Lamento muito que a coisa não pegou, mas não vou dar o caso por encerrado. Ainda tenho meus trunfos e não esqueci a promessa de seu pagamento. Aguarde.

Assim que Amarante saiu, Maize apareceu com uma preocupação:
— Você não falou nada do canguru?
— Nem um pio.
— Então já pode embarcar nessa. Vá com fé.

Amarante, que nunca tinha ido à Kremmelbein, apareceu lá. "Que beleza de construção! Gente montada no dinheiro, essa!", exclamava enquanto entrava na diretoria. Foi encontrar Duducha em sua magnífica sala, conversando com o vice, que ele conhecia superficialmente de festas. Hans costumava olhá-lo com a mesma cara de Ferd, como se não lhe desse o menor valor. Ricos são assim, não topam intelectuais. Para eles são todos comunistas.
— Oh, Amarante! Lembra-se dele, não, Hans?
O vice, formal, apertou a mão do visitante.
— Muito prazer — disse o psicoterapeuta.
— Já falei com o Hans sobre aquela ideia da troca do logotipo — informou Duducha. — Ele ficou de pensar.
Amarante, já despreocupado com isso, não acrescentou nada. Foi até bom que Hans tivesse pressa de voltar à fábrica. Ele e Duducha tinham muito para conversar.
Algum probleminha, doutor?
— Por isso estou aqui.
— Então vamos sentar.
Acomodaram-se, ela diante de sua majestosa escrivaninha. Com um sorriso para minimizar a ansiedade que Duducha demonstrava, ele informou:
— Trata-se de Rudi, naturalmente. Ele e Bruna Maldonado desafinaram.
— Inabilidade dela ou maquinações da empregadinha?
— Aparentemente o interesse dele está todo voltado ao projeto dum submarino, mas pode ser que Claudete seja a causa mais profunda. A raiz do mal.
— Tenho minha fazendinha e sei o que se faz com raízes maléficas, extirpam-se.
— Eu sei, mas sem melindrar o Rudi. Mandar Claudete embora, simplesmente, é perigoso, como disse da outra vez. Há porém um jeito para evitarmos uma medida violenta.
Duducha interessou-se muito. Como era deliciosamente satânico aquele Amarante!
— Há um jeito?
— Há.
— Então diga qual.

Amarante fez uma pausa para baixar a voz e mudar-lhe o tom.

— Se os brancos não resistem à força do dinheiro o que se pode dizer dos negros? Minha solução é clara e tradicional. Paga-se a mulatinha e ela cai fora. Resolução dela. Rudi não saberá de nada.

— E ficará com raiva dela por dar o sumiço.

— Isso! Vamos trocar a mágica da substituição por outra, a que transforma amor em ódio.

Duducha receou.

— Mas não quero aparecer.

— Nem deve, a senhora também não sabe de nada.

— Você fala com ela?

Outra pausa, já sob o domínio da argumentação, não emocional.

— Alguém fará melhor: Olegário. Ele, que flagrou os dois na oficina, que lhe advertiu da primeira vez. Apesar da diferença de classe, pertencem ao mesmo mundo, têm linguagens mais afins. Sem falar em seu nome, nem de ninguém, poderá fazer tranquilamente a proposta, coisa assim como vinte salários mínimos para ela pegar sua trouxinha e evaporar. Com uma condição: nada de despedidas com Rudi.

— Impossível Rudi não saber. Se há uma ligação entre eles, me parece lógico que Claudete se despeça. Não quero que a coisa nem de longe pareça uma expulsão.

Amarante já pensara nisso. Afinal, por que pagavam um homem de ciência?

— Aí é que entra o *grand finale*.

Duducha quase escorrega da poltrona para aproximar-se mais de Amarante.

— No dia seguinte, Olegário anunciará a falta de alguns talheres de prata ou qualquer outro objeto valioso.

— Ah...

Esse ah, soma de surpresa e aprovação, resultado da criatividade do psicoterapeuta, era tudo que desejara ouvir naquele momento.

— Bem urdido, não?

— Sim, mas um tanto cruel...

— Quer que pense noutra coisa?

— Claro que não. Sua ideia é excelente, não pode haver outra melhor.

— Posso tocar o plano?

— Toque. Mas vai depender muito do Olegário.

— Evidentemente ele precisa ser ensaiado. A interpretação será dele, mas o *script*, meu. Vou lhe fornecer as palavras, pausas e intenções. Fique descansada. Já dirigi teatro amador no colégio Coração de Jesus.

28 – Alice expulsa do País das Maravilhas

O papo entre Amarante e Olegário, secretíssimo, não foi na mansão, mas num jardim do bairro, entre crianças que pisavam na grama, amas que empurravam carrinhos com bebês e simpáticas mamães gozando os deleites duma tarde macia. Tudo muito familiar e burguês, porém, num banco de pedra, a conversa foi um tanto soturna, silabada, muito rubricada, como no teatro, e com parênteses dentro dos quais só havia espaço para cautelas e advertências. Pareciam dois terroristas planejando explodir a estação rodoviária. A cada frase de um, o meneio de cabeça de outro, enfatizando a necessidade de entrosamento e de extremo cuidado com os detalhes. Às vezes o plano é bom, porém uma minúcia, esquecida, precipitada ou posta fora de ordem, põe tudo a perder, salientava Amarante, eficiente nas ponderações. No final, pôs em foco a questão moral. Aborrecia-o usar daquele expediente, mas o caso Rudi-Claudete resistira aos tratamentos convencionais. Chegara a hora de apelarem para os choques elétricos.

Olegário ouviu tudo ora com um ouvido, ora com outro, ora com os dois. Gostava de ser útil à família e aliviava-o a ausência de Bruna Maldonado do plano, nem sabia por quê. Na tarde que a vira sair sem a blusa, os seios à mostra, do estúdio de Rudi, levara um golpe que lhe fizera esquecer o horário de seus remédios homeopáticos, tirara-lhe a fome, o sono e obrigara-o a fazer uma coisa que não fazia desde a juventude. Ele que já desejara ser testemunha de jeová, sentira-se humilhado após tal ato. E o pior é que a satisfação manual não apagara a imagem daquela jovem e impetuosa loura vindo em sua direção, no corredor, com os abundantes e fixos seios de fora. Sempre que circulava pela mansão, fosse qual fosse o corredor ou hora do dia, ela saía por uma porta e vinha vindo, vindo, vindo. E não chegava nunca, apenas vinha, enquanto o corredor se esticava sob efeitos oníricos ou cinematográficos.

"Foi muito bom que o doutor Amarante me incumbiu duma missão", concluiu, pois, toda voltada para uma coisa, quem sabe sua mente deixasse de captar aquela miragem ambulante que atrapalhava tanto seus afazeres. Sozinho em seu quarto, Olegário rememorou o que devia dizer e como dizer, o que ficara combinado, passando a aguardar apenas o momento da aproximação. Como esse momento não surgiu logo, talvez porque Claudete evitasse encontros com ele, decidiu bater à sua porta.

Claudete abriu apenas um palmo.

– Senhor?

Estava ressabiada: será que o mordomo, sabendo de tudo, também queria o que dava a Rudi?

– Preciso conversar com você.

— Comigo? Onde?

— Ora, pode ser aí dentro.

— Não, fica feio, alguém pode ver. Dona Duducha me mandaria embora.

Olegário não contava com esses pudores. Alguém poderia imaginar que um homem como ele desceria ao ponto de ter um caso com uma... mulatinha audaciosa!

— Apareça então na piscina...

— Está certo, seu Olegário.

O mordomo foi até a extremidade da piscina. Claudete apareceu com sua vassoura para camuflar o visual dum encontro marcado. Sempre esperta, observou Olegário. Mas ela estava assustada: já perdera empregos devido a patrões e empregados marotos. Varrendo foi chegando e chegou.

— O que há, seu Olegário?

— Claudete, eu sou seu amigo. Sabe disso?

— Sei, seu Olegário.

— E eu também sou empregado dos Kremmelbein. Por isso estou do seu lado.

— Obrigado, mas...

— Está satisfeita aqui?

— Estou.

— Mas o ordenado é baixo. Acho que ganha muito pouco mesmo. Um salário mínimo...

— Casa e comida também contam.

— Mesmo assim... Tem dinheiro na caderneta de poupança?

— Não, seu Olegário.

— Devia ter, todos que trabalham têm. Dá mais segurança, garante o futuro...

— O que eu ganho não dá para guardar. Gasto todo o ordenado com roupas e o que sobra dou para uma tia doente.

Olegário jogou na água clorada da piscina uma exclamação tão sensível e leve que ficou boiando.

— Belo coração você tem!

— É só ela que tenho na vida.

— Então, abra sua caderneta de poupança. Poderia ajudar melhor sua tia. O que me diz de depositar duma vez dez salários mínimos? Uma fortuninha.

Claudete cessou de fazer falsos movimentos com a vassoura.

— Dez salários mínimos?

— Dez.

— Quem me daria isso?

— Posso conseguir com dona Duducha. Ela é bastante generosa.

Claudete não entendia. Dez salários mínimos! Dados por Duducha! Por quê? Havia outra intenção atrás da oferta.

– Ninguém dá dinheiro assim...
– Assim, como?
– Assim, por dar... Nem eu teria coragem de pedir a ela.
Olegário, curvando-se sobre Claudete, afunilou o assunto delicado:
– Não será preciso. Ela lhe dá o dinheiro, mais o mês de aviso-prévio, férias, parte do 13º salário... Enfim, todas as exigências trabalhistas de lei. Você vai ficar riquinha.
Claudete, sempre bonita, até ficou feia com a cara que fez. O que significava aquilo? Estava sendo posta no olho da rua?
– Seu Olegário, seja claro. Não estou entendendo mais nada.
O *script* de Amarante não primava pela clareza, pelo contrário, evitava-a. Ionesco no lugar de Arthur Miller. Continha mais subtexto, intenções veladas, que texto propriamente dito. Não é essa literatura obscura, polêmica, a preferida das classes menos privilegiadas.
– Quero dizer... Você recebe os dez salários mínimos, todos os seus direitos legais e pode ir embora, contente da vida.
– Estou sendo mandada embora?
– Quem é mandado embora não recebe tão boa gratificação. Diferente, não?
Claudete voltou a movimentar a vassoura; não adiantou.
– Então posso escolher, se vou ou se fico?
Olegário teve de assumir a resposta; o *script* não previa tudo.
– Quem disse que não?
– Me dê um tempo para pensar.
Aqui Olegário retomou o *script* de Amarante em seu ponto mais positivo e que até exigia mudança de tom vocal.
– Isso se não falar a respeito com ninguém. Se falar, perde a gratificação e terá que ir embora só com seus direitos trabalhistas. Não é bom negócio.
– Com quem iria falar? Não sou muito de conversar com os outros empregados.
A resposta denotava um lance inteligente. Enveredado exclusivamente para a área de serviço, colocava Rudi fora de questão. A ele poderia falar.
Foi a vez de Olegário mover suas pedras: xeque.
– Com eles nem com ninguém. – Era pouco, tinha de dar nomes aos bois: – E muito menos com Rudi.
– Rudi?
– Ele é um rapaz muito afetivo, prende-se muito às pessoas, sensível, e poderia sofrer sabendo que você vai embora. Por isso o importante é que não saiba de nada. Nem mesmo quando já estiver saindo...
Claudete agora entendeu tudo e um pouco mais.
– Não posso nem me despedir dele?

— Faz parte do trato. Não.

Claudete levou a mão ao peito; no teatro seria uma marcação vulgar, mas foi o que ela fez, mão no peito, onde lhe doía.

— Então me dá tempo para pensar?

— Se for breve...

— Serei.

— Mas não esqueça: silêncio. Só perderá se abrir o bico... Ninguém reticenciava melhor do que ele!

Cada um tomou seu rumo num estado de espírito diferente. Olegário telefonou para Amarante: missão cumprida. Saíra-se bem, garantiu. Bastava que a cabeça da empregadinha funcionasse.

Claudete recolheu-se ao quarto amargurada. Se perdesse Rudi só lhe restariam vassouras, escovas, rodos, panos de enxugar, sabões, sapólios, detergentes... Sua vida seria impossível fora do País das Maravilhas.

29 – O canguru ameaçado

Hans foi avisado pela secretária, a mesma senhora asmática que servira a Ferd, que uma moça, já na antessala, desejava vê-lo; e mais, que afirmara tratar-se de assunto *mais ou menos* particular, transmitiu com um risinho que logo fez par com igual risinho gozador esboçado por Hans. Era fim de tarde, já no fechamento, com todo o trabalho do dia encaminhado e os grilos resolvidos, mas achou prudente não receber a moça no escritório; caso fosse vendedora ou corretora de qualquer coisa seria mais fácil despedi-la já na antessala. Demorou ainda alguns momentos para guardar canetas, pastas e clipes nas gavetas, liberou a secretária e depois foi ver quem era.

— Olá! — exclamou jovialmente a moça, sem descruzar as pernas, num impressionante à vontade para quem visita pela primeira vez uma firma de aspecto tão frio e protocolar. — Tem um tempinho pra mim? Se pensa que vim dar alguma mordida, relaxe.

Hans fez-se uma reprimenda: estou sendo mal-educado, não se olha assim as pernas de uma senhorita; porém continuou olhando até decidir:

— Passemos para o escritório, por obséquio.

O escritório de Hans tinha a extensão da sala de um ditador, mas nem por isso a moça se sentiu menor ou intimidada. Acomodou-se logo numa poltrona, a distância correta do vice, que se instalou atrás de sua escrivaninha, e cruzou as pernas mostrando um palmo de coxas, sorrindo, satisfeita com o mundo.

— A senhorita trabalha em...

– Fotos e desfiles de moda. O doutor Amarante e dona Duducha não lhe falaram de mim? Sou Bruna Maldonado.

Hans lembrava vagamente.

– Ah, sim, Bruna Maldonado... Mas não recordo do que se tratava. Então conhece minha cunhada e o Amarante? – admirou-se.

– Estive algumas vezes na casa dela. Gorducha simpática! Conheci também o Rudi.

– Sm?

– Quase houve entre nós um namorico, mas ele é garoto demais para mim e tem aqueles navios... A gente acabou se desentendendo. – E recolhendo o sorriso, embora sem alterar a postura das pernas: – Vamos aos negócios?

Antes, ansioso, Hans quis saber:

– Duducha e Amarante sabem que viria aqui?

– Não – respondeu Bruna. – Sou um tanto atrevida e gosto de cuidar pessoalmente dos meus interesses. Depois, sozinho, o senhor se sentirá mais à vontade para dizer sim ou não. Afinal, é quem decide, pelo que soube.

O vice gostou de ouvir isso.

– Qual é mesmo o assunto, senhorita?

– O Amarante me disse que a empresa estava pensando em dar um chute naquele ridículo canguru impresso em todas as embalagens, substituindo-o por uma imagem mais atraente. Pensei que soubesse...

Hans lembrou-se, sim, de qualquer coisa nesse sentido.

– Duducha ou Amarante, não sei, me falou disso. E o que se colocaria no lugar do canguru?

Bruna reeditou seu sorriso mais úmido e ampliado.

– Eu.

– A senhorita?

– Acha o canguru mais atraente? O senhor não é australiano, ou é?

Hans não era australiano mas tinha um compromisso,

– Toda a publicidade da Kremmelbein está sob a responsabilidade duma agência, a Menfis, e ela ainda não se opôs a que continuemos usando o canguru no logotipo.

– Já posei para a Menfis – afirmou Bruna. – É uma agência um tanto quadrada, mas ela sempre faz o que o dono da conta quer. Mas se o senhor acha que minha figura não chama, não vende...

Hans usou dum expediente prático: num piscar de olhos apagou Bruna Maldonado e em seu lugar imaginou na poltrona, sentado, com as pernas cruzadas, um canguru. Quase gritou de susto.

– Sm, a agência talvez não se oponha a que eliminemos o canguru.

– Nem a Sociedade Protetora dos Animais...

— Ah, isso é... Mas é tudo o que deseja?

— Não, claro, porque a mudança seria acompanhada duma campanha publicitária para lançar o novo símbolo da empresa na televisão, jornais, revistas, cartazes... Uma barulheira geral.

Hans entendeu: a moça não era só bonita, como também tinha tino comercial. Apareceu uma faxineira na sala com balde e escovão.

— Estamos sendo enxotados — disse ele. — Acho que temos de continuar noutro dia.

— Pena, agora que estava esquentando.

— Sua ideia me parece digna de estudo, senhorita.

— Conhece o Tilim?

— O que é o Tilim?

— Um bar muito charmoso, e não fica longe daqui. Vamos, seu Hans, não deixemos esfriar.

— Acha que devemos convidar o Amarante, senhorita?

— Oh, não — reprovou Bruna, já se pondo de pé. — Aquele é um cri-cri e está sempre querendo tirar vantagens. Primeiro a gente acerta, afina tudo direitinho, depois fala com os outros.

Hans abriu a porta para Bruna e os dois foram atravessando os escritórios vazios da empresa até o pátio onde estava seu carro. No caminho, lembrou-se: desde que sua noiva, a química, explodira que não ia a um bar com uma moça.

O Tilim era um boteco cheio de recantos íntimos, revestidos de lambris, um labirintinho planejado para namorados e solitários endinheirados. Em cada mesa havia um pequeno abajur em forma de cone, que se podia desligar se a conversa não necessitasse de luz. A música ambiental, morna e suave, fora selecionada por alguém que sabia criar um clima de romantismo e sofisticação, o som de décadas mais felizes, e os sanduíches, pequenos e bem condimentados, haviam sido considerados inesquecíveis por um colunista exigente em paladares. Para beber, Hans chamou um *scotch* e Bruna um coquetel Azulão, especialidade exclusiva do Tilim.

Logo a princípio Hans pôs à mesa o canguru e a força de sua condenação, levando o assunto para o âmbito dos negócios e da publicidade. Bruna não lhe deu alento, para mostrar que não era tão mercenária. Preferiu que se conhecessem melhor, interessada no fator humano do homem de negócios, e com uma chave cor-de-rosa abriu as portas de seu coração. Quase chorou quando soube da noiva de Hans, morta naquelas circunstâncias, emoção que só outra dose urgente do Azulão pôde controlar. Mas ele, afinal, era feliz: conhecera o amor. Ela, não: apenas topara na vida com homens que se interessaram pelo seu corpo.

— Veja, até nessa minha aproximação com seu Amarante e dona Duducha houve esse tipo de interesse. E eu não sabendo de nada...

— O quê? Amarante estava mal-intencionado?

— Ele não... Serviu apenas de intermediário. Mas foi quem viu meus retratos na revista *Star*.

— Você posou para a *Star*?

— Em página dupla, fui a *Sensação de Setembro*. E capa também da *Eros*. *Star* e *Eros* são o fino nessa matéria. O Amarante então me procurou – prosseguiu Bruna – falando que eu poderia ser modelo fixo da Kremmelbein. Eu ia dizer não, com a vida como está? Mas depois veio com outra conversa sobre o filho da dona...

— Rudi?

— Disse que Rudi estava causando problemas... Imagine com quem andava de amassos pelos cantos? Com a empregadinha, uma mulata chamada Claudete. Aí é que eu deveria entrar.

Mesmo já na segunda dose, Hans ficou tenso, pediu outro *scotch* ao garçom.

— Entrar como?

— Amarante e Duducha bolaram que Rudi devia se interessar por outra mulher para pôr de lado a empregada, que depois de esquecida levaria um pé na bunda.

Hans ficou realmente curioso, inclinando-se sobre Bruna, que na chance apresentada enganchou seu braço no dele para dar mais solidez à nova etapa de intimidade. O que atrapalhava um pouco o tom confidencial do papo era o jato de luz do abajur. A moça, frequentadora do lugar, sabendo-o móvel, tocou-o ligeiramente para desviá-lo.

— E Rudi, soube da trama? – perguntou Hans, baixando a voz.

— Suponho que ainda não sabe. Taradinho como está pela empregada, não deve ter percebido nada. Mas não fui longe na brincadeira. Levei-o uma vez ao planetário, para ele descurtir a negra, joguei alguma conversa fora, perdi um tempão ouvindo baboseiras sobre seus navios e decidi pegar a reta. Não volto mais ao Morumbi.

Hans, pela primeira vez tendo contato com os subterrâneos de luxo da mansão da cunhada, sentiu-se excitado e ao mesmo tempo satisfeito pelo fracasso do plano. Rudi, a quem ainda via de calças curtas, não merecia ganhar tão valioso troféu. Que tivesse suas lições de amor com a empregadinha.

— Então está rompida com eles?

Bruna enganchou-se mais no braço do vice.

— O que ainda me liga é esse caso do canguru. Precisa dar satisfações a todos para mudar o emblema?

— Somente a Duducha, a presidenta.

— Vai consultá-la?

Hans não sabia se diria sm ou se devia dizer não. O canguru deixara de ser um problema de *marketing* para se tornar animal doméstico, um caso familiar.

— Sou contra precipitações nos assuntos delicados.

Bruna largou a raquete e, com um sorriso, mudou o rumo da conversa.

— Nem deve, Hans. Se a coisa piorar pro meu lado, vendo o videocassete. Mas, diga: está gostando do Tilim? Não é uma gostosura?

A pergunta de Bruna se chocou no ar com outra de Hans.

— Em que número da *Star* você posou?

— No de setembro. Dizem que esgotou até no depósito...

— Queria ver, mas não na fábrica, para evitar minha cunhada.

— Podia ser aqui no Tilim, se houvesse mais luz. Onde você mora? Eu levo um exemplar.

Hans sempre fora considerado lento em tudo, até nos jogos de salão, mas rapidamente retirou um cartão do bolso e marcou dia e hora para a visita. Daí para frente não falaram mais de negócios, acomodando-se melhor nos assentos, no Tilim, na noite, no mundo. Saíram do boteco de madrugada, braços dados, ela até mais formal do que ele, ele até mais feliz do que ela.

30 – Nem no escuro nem no claro

O grande suspense da mansão de Duducha, desde sua construção, foi criado por Claudete, quando prometeu ao mordomo Olegário pensar na oferta dos dez salários mínimos como gratificação pelos serviços prestados. Duducha e Amarante, informados, cumprimentaram o intermediário pela atuação e, comemorando, tomaram um vinho de safra velha.

— Rudi vai sofrer muito – prognosticou Duducha.

— Sofrer por amor na juventude é matéria de saudade para mais tarde – disse o psicoterapeuta. – Logo será apenas um referencial. Mas não esqueça do arremate: o roubo da prataria. Ele não é rapaz para amar uma ladra.

— Rudi tem berço – garantiu Duducha. – Porém, me preocupa também o depois. O que acontecerá com o coração dele depois da ruptura?

Amarante abriu os braços, desvalidamente. A ciência não sabe tudo.

— Poderá ficar uns tempos sem rumo, ou construir seu sonhado submarino ou...

Esse último *ou* interessava mais a Duducha.

— Ou?

— Ou lançar-se à procura dum novo amor, quem sabe, Bruna Maldonado...

Duducha rejeitou a última possibilidade.

— Isto não gostaria que acontecesse. Duma empregada para uma cavadora de ouro não é grande progresso. Além do mais, falta-lhe classe. Olegário ficou impressionadíssimo com seus peitos de fora pelo corredor. Quando fala disso, empalidece.

Amarante, que não dissera a ninguém ser sua a ordem de atacar, tão desastradamente posta em prática, concordou depressa.

— O ideal para Rudi seria uma moça decente.

— A tal Bruna Maldonado não serve, é uma putinha.

Parecia até a última vez em que se falaria da *playmate*, mas já no dia seguinte seu nome foi outra vez lembrado, no escritório, inopinadamente, por Hans, quando a presidenta e o vice conversavam sobre a verba publicitária da empresa.

— Estive lembrando duma sugestão... – disse ele. — A respeito do canguru, recorda? Acho que está merecendo uma bela aposentadoria.

Duducha lembrava, sim, mas havia uma lembrança mais antiga:

— Ferd gostava dele... Dizia que era impossível encontrar um símbolo melhor.

— A publicidade vive de renovação – ponderou Hans. — Para mim é uma imagem velha e um tanto óbvia.

— Tira-se o canguru e põe-se o que em seu lugar? Um rinoceronte?

A memória de Hans funcionou outra vez sem perder seu tom casual:

— Amarante falou duma moça... Aquela bonita, Bruna Maldonado. Ela justificaria até uma campanha de lançamento do novo visual: televisão, jornais, revistas, *outdoors*...

— Ah, gastar uma fortuna com aquela vagabunda? Esqueça a ideia do Amarante. O ramo dele é outro.

— Mas, publicitariamente...

— Deixe o canguru onde está, Hans. E não me fale mais dessa moça.

— Ela aprontou alguma?

— Não há nada pessoal. Pode ser até que tenha qualidades – corrigiu para que Hans não imaginasse, após o rebu n'O Tridente, que andasse de briga com gente de qualquer nível. — Mas é melhor não misturar conhecidos com negócios. Além disso, anda desaparecida...

Hans preferiu não insistir. Apenas lhe ocorrera uma sugestão, um nome. Voltou para o escritório, abriu cautelosamente uma das gavetas da escrivaninha e retirou o número de setembro da revista *Star*, que publicara um atilado artigo sobre siglas, marcas, emblemas e logotipos.

Passados cinco dias da disfarçada conversa na piscina entre Olegário e Claudete, o ponteiro do suspense, já aludido, atingiu a faixa do insuportável. Pressionado pela patroa, o mordomo começou a cercar a empregada pela casa, sem nunca deparar com uma oportunidade de abordagem, porque ela estava em constante movimento ou sempre perto de outros serviçais. Ou porque a sorte a protegesse ou porque usasse algum tipo de radar, ela escapava-lhe pelas portas, corredores, veredas dos jardins, saindo de onde ele entrava, entrando de onde ele saía, às vezes lenta, outras apressada ou simplesmente evaporando no espaço. Depois de persegui-la em retas e curvas que somavam muitos quilômetros, cansado de ser Javert, Olegário aguardou a hora do silêncio e, sem bater, entrou no quarto de Claudete.

– Claudete... Claudete...

Mas ela não estava no escuro nem no claro, como o mordomo constatou ao apertar o botão da luz.

Toda a pausa acima, separando períodos, não foi só um branco, um vazio, como possa dar a entender. Olegário foi à cozinha e ao banheiro dos empregados, lugares onde Claudete poderia estar para tomar água ou fazer xixi e não a encontrou. Depois, já na pista da verdade, seguiu até o quarto de Rudi e colou seu ouvido quente na madeira fria. O que ouviu foram ruídos de molas de cama, um a um, sob controle, às vezes só um, arrastado e surdo, e finalizando esse concerto metálico um acelerar estabanado, crescente, *allegro vivace*, que parecia não cessar nunca mas cessou, de pronto, num corte, deixando no ar uma única nota esticada.

Quando Claudete saiu do quarto de Rudi não viu ninguém, mas, ao aproximar-se do seu, percebeu que outro tom de escuro, mais forte, se movia. Agarraram-lhe o braço.

– Seu Olegário! – assustou-se.

– Então já chegaram a isso, não? Quer que dona Duducha saiba?

– Não, não.

– Amanhã, depois do almoço, acertaremos as contas. E nada de fugir de mim.

31 – Constata-se: o Brasil pobre em publicações técnicas

O grande receio de Olegário, seu despertador naquela manhã, era que Claudete, rompendo o trato, tivesse falado a Rudi sobre a proposta. Assim que levantou, acercou-se diversas vezes do rapaz: vendo-o, descobriria se sim ou se não.

Rudi, no estúdio, atarantado, cabelos em desalinho, folheava um maço de revistas sobre a prancheta tão apressadamente que rasgava capas e páginas.

– O que foi, Rudi?

– Como estamos atrasados em matéria de publicações técnicas...

— Mas a maioria dessas revistas é estrangeira.

Rudi sacudiu a cabeça numa vã tentativa de despregá-la do pescoço. Parecia perdido.

— Pode jogar elas no lixo.

— Todas? Calma, Rudi.

O superdotado não se acalmou mas explicou:

— As melhores publicações, livros e revistas, não chegam aqui... As que tenho são as mais elementares. Se eu pudesse faria uma visita à França, à Alemanha...

O mordomo pensou e falou simultaneamente:

— E por que não faz?

— Nunca viajei sozinho.

— Ora, dona Duducha irá com você. Ainda outro dia disse que gostaria de fazer uma viagem. Depois da morte de seu pai e daquilo que aconteceu n'O Tridente, um *tour* pela Europa lhe faria muito bem.

Rudi abandonou as revistas, saboreando a possibilidade.

— Acha que ela iria?

— Tenho quase certeza.

— E a fábrica?

— Seu tio Hans é quem comanda.

— Ela nem sempre faz o que peço.

Aí o mordomo-amigo, com o pensamento no plano que o acaso aperfeiçoava, fez seu melhor lance:

— Deixe por minha conta. Falarei com ela. E hoje mesmo.

Rudi, expansivo, que coisa rara: abraçou Olegário.

— Fala mesmo?

— Não só falo como espero convencê-la.

Olegário pessoalmente entrou no quarto de Duducha com a bandeja do almoço matinal. Ela, na cama, reagiu sentando-se: sabia que o mordomo só substituía a copeira quando havia algum assunto sério em pauta.

— Bom dia, madame!

— Você, Olegário?

— Gostaria de conversar uns minutos com a senhora.

— Sobre a mulatinha? Como é, ela sai?

— Ficou de dar a resposta hoje.

Duducha não se alegrou com a notícia.

— Pobre Rudi! Vai ter sua primeira decepção amorosa. Espero que não lhe deixe marcas.

Olegário sorriu para apaziguá-la. Não trazia problemas, mas soluções.

— Há um jeito de acolchoar o choque... E ele foi sugerido pelo próprio Rudi.

Duducha virou toda atenção.

— Qual é a novidade, Olegário?

— Rudi sofreu um acesso nervoso no estúdio. Suas revistas já não lhe ensinam nada, servem para um assinante comum, não para um superdotado. O que necessita, livros e revistas mais complexos, só existem na Europa. Mas é jovem demais para viajar sozinho...

— Sei onde pretende chegar...

— Disse-lhe, então, que talvez a senhora tivesse muito prazer em viajar com ele, traumatizada pela morte de seu Ferd e por aquela noite infeliz... Rudi entusiasmou-se e eu lhe prometi passar a sugestão à senhora.

— Viajar não estava nos meus planos.

— Mas reconhece que seria uma boa oportunidade, não? Com Rudi e a senhora viajando, seria mais seguro nos livrarmos da empregadinha. Ele só ficaria sabendo na volta, quem sabe, já desinteressado. Caso contrário, restando alguma atração, aí sim apelaríamos para o caso do roubo da prataria.

Duducha pegou o telefone sobre o criado-mudo.

— Vamos ver o que diz o doutor Amarante. Se ele aprovar, trataremos disso.

Amarante aprovou. O longe dos olhos, longe do coração, é uma das observações mais sábias do homem, embora, como tudo, sujeita a exceções, fato que o psicoterapeuta e o mordomo acharam prudente não lembrar.

Na mesma manhã, Duducha procurou o filho com muito amor.

— Então, Rudi, vamos badalar pela Europa?

— Vamos. (Pausa) Mas já?

— Se não for já, já, posso mudar de ideia.

— Quando?

— É só comprar passagens, fazer as malas, dizer tchau para os amigos e partir. Está de férias, não? Vamos?

Rudi hesitava. Olegário entrou no estúdio com um sorriso triunfante. Ninguém o forçara a viajar. O desejo partira dele. Como retroceder?

— Vamos.

— Mais entusiasmo! — reclamou Duducha. — Não quer fazer suas compras?

Rudi abraçou a mãe.

— Vou trazer um baú de livros e revistas — disse, já não pensando noutra coisa.

Depois do almoço, como combinado, Olegário e Claudete encontraram-se na área de serviço. Ela estava trêmula, porém armada para um desafio. Olegário, ao contrário, exibia a face mais tranquila de sua personalidade.

— Olhe, mocinha, vamos deixar aquela conversa para outro dia...

Com muita energia, ela começou e não disse:

– Seu Olegário, eu...

Ele interrompeu:

– Não contei a ninguém o que vi ontem. Sossegue. Como disse, a conversa fica pra depois.

Claudete aprendera desde cedo a suspeitar de bondades inesperadas, mas quem não gosta duma trégua? À tarde, porém, ficou mais desconfiada, ao perceber um ritmo apressado nos afazeres da casa. Duducha estava excessivamente elétrica e Olegário ainda mais prestativo. E viu Rudi sair com a mãe enfiando no bolso papéis que lhe pareceram documentos, ele também excitado. Decidiu esperar pela noite. Somente as trevas poderiam lançar luz sobre aqueles enigmas. Voltou a ver Rudi bem no final da tarde, transpondo o portão de braços dados com a mãe, muito chegados e alegres. Felicidade de um amante só, da qual o outro não participa, tem cara de traição.

Quando a mansão dos Kremmelbein adormeceu, um pouco antes do costume, Claudete saiu do quarto para sonambular. Não viu Olegário misturado em nenhum dos escuros da casa, e mesmo se o visse, não recuaria. O agito da tarde fora-lhe demais.

– Claudete! – exclamou Rudi, ainda com o abajur aceso, sob papéis impressos.

– O que está acontecendo? – ela perguntou, soltando toda a sua inquietação. – Que correria foi aquela de hoje?

– Vou viajar. Eu e mamãe. Europa.

– Por quê?

– Para comprar livros, revistas, materiais, e mamãe quer descansar um pouco. Já renovei o passaporte e compramos as passagens.

Claudete saltou sobre ele como uma tigresa, toda paixão:

– Quando?

– Já na sexta.

– Vai demorar lá longe?

– Pra mim um mês basta, pra mamãe, não sei...

Deveria dizer ao moço louro que o mordomo a surpreendera na noite passada? Pra que, se havia uma trégua? Já na sexta... Tinham de aproveitar as madrugadas que restavam. Meteu-se na cama de Rudi e apagou o abajur. Foi formidável.

O violinista Stênio Rossi, apressadinho e preocupado, apareceu na mansão a chamado de Duducha, que, pela voz de Olegário, telefonara para o Municipal com apenas um "podia fazer o favor de vir pela manhã?". Sem porquês. Só o lembrar da sedutora gorda já o punha nervoso; imagine-se então o que sentia ao pisar-lhe a casa com aquele espaço todo e com aquele sol matinal jorrando lá de cima. Que belo intervalo para seu trabalho, dia a dia mais chato, pois estava numa fase de conflitos com alguns colegas e com a secretaria por questões salariais e artísticas.

Conduzido pelo mordomo, Rossi foi até o escritório onde Duducha, bonita, se achava, vestida num dos seus estampados e com dois braços carnudos para abraçar. Não esperava uma recepção tão festiva, cheia de contatos físicos, todos macios e perfumados.

– Que bom ter vindo, maestro!

Stênio gostava daquilo, ser chamado de maestro, seu verdadeiro posto na orquestra se não houvesse tanta política na máquina cultural do município.

– Aconteceu alguma coisa? – ele perguntou logo, com a pressa acumulada numa noite toda de espera.

– Aconteceu. Vou viajar.

Não era boa notícia para ele.

– A senhora vai para onde?

– Europa, maestro. Estou precisando ver outras terras e caras. Desde que me casei, nunca fiquei tanto tempo sem ir: três anos.

– Vai com alguma amiga?

– Com Rudi, que está de férias e doido para comprar revistas estrangeiras e materiais para sua esquadra. Gostaria até que fizesse um cursinho qualquer por lá, pois desta vez não estou com pressa de voltar. Mas o que é isso, maestro? Empalideceu?

– Empalideci?

Empalidecera. Mais que isso, a voz saíra-lhe desafinada, embora músico e craque em afinações. Foi oportuno que Duducha lhe apontasse uma cadeira. Precisava também de água, mas pedir seria comprometedor demais.

– Vou sentir saudades suas!

A frase era de Duducha. Meu Deus, espantava-se o violinista, ela que dissera isso, justamente o que ele ensaiava dizer! Seus ouvidos bisaram-na: vou sentir saudades suas.

– Eu também – ele replicou. – Muitas.

Para evitar pieguices a seus tons, Duducha acomodou-se atrás da escrivaninha e quis saber da vida dele num grau de interesse de velha amiga. Stênio, que só tinha Mozart a quem fazer confidência, falou dos seus azares na orquestra, baixo salário e desentendimentos, uma feia discussão com o regente e até da presença dum agente de polícia, nos ensaios, para descobrir quais eram as tendências políticas de cada um dos músicos. Mas, pior de tudo, era a frustração profissional... Achava que tinha mais talento e experiência do que se exigia dum violinista. Poderia ter ido mais longe.

– Nunca regeu?

— Regi, sim, em Campinas, modéstia à parte com muita segurança, tenho curso de regência.
— Também compõe?
— Sempre compus, mas sou um compositor quase inédito. Como gostaria que ouvisse minha *Sinfonia de setembro*! Quando a executei, uma única vez, em Campinas, o público ficou tão animado que todos os homens tiraram o paletó...

Verdade, Stênio Rossi não era pessoa que relatasse exageros; sua *Sinfonia de setembro* provocara, sim, aquele tipo espontâneo de reação, embora prejudicada por um comentarista, a quem ela mais parecera o *merchandising* duma camisaria.

— Já pensou, Stênio, em ter uma orquestra própria?
— Seria impossível.
— E se ela fosse subvencionada por um *pool* de patrocinadores?
— É uma possibilidade, porém muito distante. Industriais não se preocupam com arte.
— Não é o meu caso, mas não deixa de ter razão. Quem sabe, um dia, falaremos sobre isso. — E lembrando de algo importante: — Sabe quem quer lhe dar um abraço? Rudi. Ele simpatizou com você. Vamos ao estúdio.

Ao ver o maestro entrar com sua mãe, Rudi correu a lhe apertar a mão. Uma pessoa tão estranha ao seu mundo, sincera e bondosa, sem aquela expansividade incômoda dos Orfeus das relações maternas, beberrões e puxa-sacos, fazia-lhe muito bem. Além do mais, mostrara curiosidade pelos seus projetos, para ele, uma prova de inteligência.

— Então vai viajar, Rudi?
— Eu e mamãe daremos um giro pela Europa, mas o que quero mesmo é comprar umas coisas que me interessam.
— Como vão os projetos?
— Estou trabalhando num submarino, já lhe disse, não?

Duducha interveio para convidar Stênio a almoçar com eles, convite aceito, e pediu licença para tomar algumas providências. Estavam num corre-corre por causa da viagem.

— O projeto é mais ou menos este — disse Rudi, apresentando uma pasta ao músico. — Está um tanto confuso.

Stênio colocou seus óculos para ver de perto.

— Acha que vai submergir e movimentar-se?
— Só saberei com certeza depois de ver como ele se comporta na piscina. Tenho minhas dúvidas...

Stênio encontrava um verdadeiro fascínio naquelas linhas pontilhadas, nas minúsculas escalas no pé da página e no todo geral, feito de curvas elegantes. O filho de Duducha surpreendia-o com sua criatividade e capricho. Como alguns compositores, gênios desde a infância, era sem dúvida um superdotado. Respeitava-o.

— Gostaria de ver todos os seus projetos com vagar.
— Quer ficar com a pasta, maestro?
— Disse ficar com ela?
— Eu não vou viajar? Quando voltar me devolve.

O violinista, já ciente do ciúme que Rudi tinha de sua pasta de segredos militares, viu na oferta um comovente atestado de amizade e confiança. Já podia considerar-se um dos íntimos da casa, o que significava avizinhar-se do coração de Duducha, dispor de mais chance e ângulos para flechá-lo, embora considerasse pretensiosa demais a intenção da conquista.

— Levarei a pasta com o maior prazer. Como lhe disse, música e matemática têm parentesco.
— Nunca emprestei os projetos a ninguém.
— Essa concessão me honra muito. E pode ficar tranquilo: a pasta ficará em lugar seguro e ninguém vai tocá-la.

Depois desse gesto de confiança, que solidificava uma amizade, Stênio e Rudi passearam algum tempo pelos jardins, o violinista contando a única viagem que fizera à Europa, quando ainda moço, para aperfeiçoar-se no instrumento, e depois pararam na sala de refeições, onde Duducha o esperava na companhia doutra pessoa.

— Este é o psicoterapeuta doutor Amarante — apresentou a dona da casa. — Maestro Stênio Rossi.

Rudi não gostou da participação de Amarante no almoço, que preferia mais íntimo com Stênio, e, enquanto operava uma cara de desagrado, o homem de ciência fazia outra surpresa ao reconhecer o que o maestro trazia sob o braço.

— A pasta de segredos militares! — exclamou.
— Vai ficar com ele enquanto viajamos.

A própria Duducha também se surpreendeu:

— Ela nunca saiu do estúdio!
— Admiro muito o talento de Rudi — declarou Stênio. — Vou me deleitar com esses projetos.

Amarante franziu a testa.

— Estranho, um músico gostar de projetos dessa natureza.
— Não é tão estranho assim — disse Duducha. — Já notou como é complicada uma pauta musical?

O argumento de Duducha não modificou a estranheza de Amarante, que punha em dúvida a admiração do músico pelas manias miniaturísticas do superdotado.

— Mas são projetos bélicos... — acrescentou o psicoterapeuta. — Arte e guerra nunca se afinam.

O que poderia ser um tema de discussão acabou aí, porque, além duma pasta de segredos que saía dum cofre, Amarante acabava de flagrar um olhar romântico de Duducha endereçado ao modesto músico, de colarinho puído, sentado à mesa.

32 – Uma que se despede da pobreza...

Na noite de sexta, Amarante e Olegário acompanharam Duducha e Rudi até o aeroporto. Antes ela lhes dissera que procuraria prolongar ao máximo a viagem. Alegre, era a mesma Duducha dos bons tempos, contrastando com o filho, arrancado muito às pressas do seu microuniverso. A despedida foi toda de abraços exagerados, sacudida por empurrões dos que partiam e atropelada pelos carrinhos dos maleiros, numa mistura de empolgação e ansiedade que preenchia todo o espaço do aeroporto.

À saída, Amarante e Olegário voltaram ao plano.

— Espere uma semana e dê o chute na empregadinha.
— Não mais que uma semana. A coisa entre os dois estava séria.

Amarante ficou todo aceso, faróis e lanternas.

— Estava?
— Não ficaram só na bolina, não.
— Verdade, Olegário?

Mesmo fora de suas funções e a céu aberto, Olegário mantinha a sobriedade. Revelou em tom discreto:

— Ela frequentava o quarto dele. Vi uma vez só, mas para mim não foi a primeira nem a segunda.

Amarante não fez censura; excitou-se. Tivera aventura semelhante na juventude, mas a parceira não tinha o desenho de Claudete, seu jeito macio de andar e perturbar, seu vudu. Lembrou-se então que na véspera, com outra intenção, pedira um chequinho a Duducha para gratificar Bruna Maldonado pelos serviços prestados. "Assim ela não andará por aí a falar mal da senhora." Colara.

— A gente se comunica — disse o psicoterapeuta a Olegário. — Preciso visitar uma cliente.

Enquanto Bruna Maldonado fora a receita para estimular o apetite sexual de Rudi, Amarante apenas se ativera às prescrições da bula. Com a mudança de tratamento do rapaz, decidiu conferir se o remédio era bom ou não.

Apertou a campainha do apartamento. Abriram a porta. Maize.

— Boa noite!

— Ah, é o doutor daquele garoto xarope?

Amarante confirmou com um sorriso e perguntou:

— Bruna está?

— Não mora mais aqui, gato.

Azar!

— Mudou pra onde?

Maize permaneceu caladinho.

— Não sabe?

— Sei, mas se eu disser ela me mata.

Amarante usou o anzol da carteira.

— Tenho um cheque pra ela.

— Milhões?

— Oh, nem tanto... Pra quem estava a perigo...

Maize soletrou:

— Es-ta-va, gato.

— Voltou a posar peladinha?

O bailarino respondeu em cima:

— Bruninha não precisa mais disso. Agora, licencinha.

Amarante não quis perder totalmente a viagem; antes de receber a porta na cara, arriscou:

— Pena, eu já tinha engatilhado o tal negócio do canguru...

Gargalhada.

Como um espirro, gargalhada não se interrompe, tem de completar seu curso sacolejante.

— Ela não quer mais o lugar dele, não. São amiguinhos – disse Maize misteriosamente.

Amarante desceu para a rua levando uma interrogação que mal coube no elevador. Carregou-a até o ponto distante onde deixara o carro, no ombro como a cruz dum pagador de promessas. Bruna, amiguinha do canguru, e tanto que já não pretendia seu lugar? Tapa na testa: mais um heureca do psicoterapeuta! Precisava duma lista telefônica. Obteve-a numa farmácia e, mal entrosando olhos e dedos, nervoso, achou afinal o número procurado. Era mais palpite que certeza, mas tinha de tentar.

Voz feminina: — Pronto.

Amarante: — Doutor Hans está?

Voz feminina: — Não, acaba de sair.

Amarante: — ... e a senhora dele?

Voz feminina: — Dona Bruna saiu junto. Quer deixar recado?

Amarante: — Ligo amanhã.

Um heureca nem sempre é saudado com um grito de entusiasmo, às vezes acachapa. Hans e Bruna! Melhor negócio para ela do que virar logotipo ou fixar-se como instrutora sexual de Rudi. Aquelas transas já tinham pelo menos uma vencedora. Retirou a carteira do bolso: não era um cheque desprezível, seu prêmio de consolação. Diria a Duducha que o deixara nas mãos do colega de apartamento da *playmate*. E quanto à surpreendente aliança amorosa, deveria ou não transmitir à patroa? A experiência ensinara-lhe que as notícias não precisam ser frescas, mas oportunas.

Exatamente no sétimo dia da partida de Duducha e filho, Olegário, bastante formal, bateu na porta do quarto de Claudete para cumprir sua missão. A mulatinha atendeu-o com naturalidade.
– Qual é o plá?
– Deixe-me entrar, temos um assunto.
– A gente conversa fora.
Olegário esperou que uma das serviçais passasse e informou em tom camarada, à porta do quarto:
– Seu cheque está pronto.
– Cheque?
– O cheque geral.
– O que quer dizer cheque geral?
– Seus direitos trabalhistas e os dez salários mínimos de gratificação, merecidos, aliás. Basta assinar o recibo.
Não houve espanto, choro ou bronca.
– Eu não quero.
– Não quer o quê?
– Só saio quando dona Duducha voltar.
– Mas está sendo despedida, moça!
– Por quê?
– Você bem sabe por quê.
– Por causa daquilo?
– E acha pouco?
– O senhor disse que não contou a ninguém o que viu. Logo, dona Duducha não sabe. Por que então me mandar embora? Espere ela voltar, conte, depois me despeça.
Claudete já ia voltar para o quarto quando o mordomo lhe reteve pelo braço.
– Use a cabeça, menina. Se ela a mandar embora, não dará o dinheiro que estou oferecendo. Dez salários mínimos!
Um centésimo de sorriso de Claudete com um milésimo de ironia:
– Já que o dinheiro é seu, ponha na poupança, melhor que dar para mim.
Fechou a porta, à maneira claudetiana, maciamente.

Olegário, para não ficar olhando sua decepção, afastou-se indo a nenhum lugar, mas depressa. Percorreu diversas vezes o circuito da mansão, telefonou e saiu. Precisava pensar em dupla.

O psicoterapeuta recebeu-o apreensivo.

— Como você estava confuso no telefone!

— E ainda estou.

— Problema com a crioulinha?

— Ela não quer o cheque, não quer sair.

A indignação é contagiosa, passou para Amarante.

— Como não quer? Você manda, é o chefe dela! Não há querer ou não querer. Sou socialista, mas ainda não chegamos lá!

O mordomo largou-se numa cadeira.

— Eu disse a ela que não tinha contado a ninguém...

— E daí?

— Se não contei, Duducha não sabe de nada, logo, não teria motivo para despedir a empregada... E eu não posso me responsabilizar por essa atitude, posso? Imagine Rudi voltar ainda apaixonado e ficar sabendo que ela foi embora por ordem minha!

— Recuso-me a imaginar — retrucou o psicoterapeuta, entendendo o ponto de vista de Olegário. — Sobraria até para mim, o doutor. Rudi, furioso, exigiria seu bota-fora e o meu também. Sempre nos vê juntos, confabulando. E Deus nos livre dum superdotado na fossa.

Olegário, sem a postura inglesa da profissão, afundado na cadeira, não era mais aquele que decidia e executava. À espera de soluções ditadas pelo cérebro privilegiado de Amarante, só sabia dizer:

— Que negrinha esperta! Precisava ver a calma dela. Me deixou desorientado.

— Não sei se é esperta, perdeu dez salários mínimos.

— Cagou para o dinheiro. Mas o que ela espera? Casar com Rudi? Dez salários mínimos... O que pensar duma pessoa pobre que não dá valor à mola do mundo, à gaita, ao larjã...

Amarante ponderou:

— Mas ela não é louca.

— Garanto que não.

— Não sendo louca, ela simplesmente achou pequena demais sua oferta. Afinal, sabe que os Kremmelbein são podres de ricos. Você poderia dobrar o suborno?

— Dona Duducha me deixou uma verba folgada... Posso, sim. Devo oferecer vinte salários mínimos?

— O que importa são os resultados, Olegário. O que não podemos é fracassar, entende?

Olegário disse sim, entendia, mas não se levantava da cadeira, naufragado ainda pelo *não* da mulatinha.
— Que desplante, que arrogância...
— Ora, Olegário, é apenas uma safadinha. Fale com ela amanhã.

Num breve interlúdio romântico, sem muito prejuízo do ritmo e da unidade deste relato, talvez apenas para satisfazer curiosidades mórbidas, gente que ama ler sexo, focalizaremos o elegante apartamento de Hans Kremmelbein, por cujo buraco da fechadura o doutor Amarante gostaria de poder entrar. O apartamento recebera um hóspede novo, mais que hóspede, pois para ele se mudara com armas e bagagens a esplendorosa Bruna Maldonado, que excitara centenas de milhares de leitores na *Star* de setembro do ano anterior. Meses passam depressa, a vaidade, não. Quando o vice da F & H, precisamente o H da empresa, disse a ela no Tilim que a presidenta, Duducha, rechaçara a ideia de colocá-la no lugar do canguru-símbolo, houve isto:
— Aquela gorda ridícula deve me odiar porque não tive um caso com o veado do filho dela. O que ela queria, que eu pegasse o pau dele e fizesse o quê? Pois que enfie o maldito canguru no rabo.
E depois de todo esse baixo calão, e muito mais, que a mãe do autor aconselhou eliminar, a moça Bruna caiu num pranto desesperador, que molhou por inteiro o ombro do paletó de Hans. Quando não havia mais o que chorar, decidiu como solução ou ameaça:
— Vou deixar esta merda de São Paulo e mudar já para o Rio. Aqui estou azarada, no maior baixo astral. Chegou.
Hans envolveu-a com um braço protetor.
— Não perca o equilíbrio, Bruna.
— Ah, não? Quer que dê gargalhada sem dinheiro até pra pagar o aluguel da *kitchenette*?
Entre gaguejos e respiros ele propôs:
— Por que não esquece tudo e vem viver comigo?
— O quê, Hansinho, o que você disse?
— Vamos morar juntos.
— Abandonando a profissão, isso?
— Sm.
— Como sua mulher?
— Sm.
— Já? Amanhã mesmo?
— Sm.
Bruna respondeu o seu *sm* com um beijo, provavelmente o mais doido e longo trocado por um casal desde a inauguração do Tilim, já com dez anos.

Apesar do escuro privativo da mesa em que estavam instalados, garçons, frequentadores, o gerente, chamado a presenciar, todos discretamente viram o beijo, que um invejoso comentou como o duma serpente num robô, pois Hans permaneceu imóvel em toda a cena.

— Amanhã me mudo — foi a primeira fala de Bruna em seu novo *status*. — Quero ver a cara da gorducha quando souber da coisa!

Hans, não interessado em revanches, ponderou:

— Deixemos que ela saiba com o tempo, por linguarudos.

— Como quiser, Hansinho.

Com efeito, na manhã seguinte, encetando seu negócio da China, Bruna Maldonado, com as malas que o prestativo Maize ajudara fazer, transferia-se para a zona paulistana dos Jardins, para ocupar um apartamento de frente Sul de quinhentos metros quadrados, com *living* monumental, seis banheiros e outros confortos, dia em que se sentiu como uma pessoa que mudasse de Plutão para Júpiter. Ganhou também Marieta e Matilde, empregadas de aventais e chapeuzinhos alvos, bem pagas e atenciosas, prontas para serem amigas da patroa.

Desapertada a tecla de retroação, outra vez no presente, Hans e Bruna gozam plenamente sua lua de mel, tão merecida para um homem que não amara mais desde a explosão de sua noiva química, e merecida para ela também, pois só num setembro, trinta dias numa vida, conhecera a fama e relativa segurança. Para não decepcionar totalmente quem espera um pouco de erotismo, já que se foi ao apartamento de Bruna, o que se vê lá é simplesmente a *ex-playmate* estreando sua magnífica banheira. Ao vê-la, ampla, branca, com seus torneirões dourados e saboneteiras embutidas, dois degraus para acesso, banheira de ricos num banheiro maior que sua antiga *kitchenette*, tudo sugerindo muita água, cheiros e espumas, a deslumbrante moça pobre começou a fazer um *strip-tease*, já ao som de torneiras abertas, soltando água e fumaça. Nem percebera, ou esquecera, que diante dum espelho trifacetado o noivo fazia a barba com um aparelho elétrico. Tendo diante dos olhos três imagens de Bruna sob uma iluminação de estúdio cinematográfico e possuindo apenas dois olhos, como a maioria das pessoas, o vice da F & H foi ficando aos poucos perturbado, pois o higiênico *strip* era lento, fotograma a fotograma. As peças de roupa que Bruna Maldonado tirava, ia deixando cair, naquele ritmo de preguiça produzido pela quentura do ambiente, à espera de que a banheira ficasse mais cheia. Ao restarem apenas duas peças, o bem-sucedido executivo já não conseguia barbear-se, o aparelho ainda funcionando, pois esquecera-se como desligá-lo. Quando, na mesma preguiça, de costas para o espelho, Bruna livrou-se da última peça e subiu o primeiro degrau da banheira, o H da F & H, deixando o barbeador cair na pia, não confiou mais na fidelidade dos espelhos e, embora estivesse de camisa, gravata, calça, cueca, meias e sapatos, pisou os degraus e entrou com ela na banheira. Bruna, já com os recatos de senhora, pundonorosamente puxou uma leve cortina. Pena que ninguém veria as artísticas silhuetas.

33 – ... outra que é despedida pela riqueza

Olegário poderia ter abordado Claudete pela manhã, mas preferiu fazê-lo à tarde; às dez horas, varrendo os arredores da piscina, ela parecia tão segura como se por tempo de serviço tivesse alcançado a estabilidade no emprego. O mordomo, há vinte anos acostumado a despedir serviçais assustados, esperou o fim do dia para se aproximar da faxineira.

– Escuta, moça, precisamos falar sobre aquilo.
– Mas já não falamos?
– Já e decidi outra coisa, levando em conta que sempre foi boa empregada. Falei de dez salários mínimos, não? Pois vou lhe dar vinte.

Claudete: nenhuma reação.

– Ouviu? Vinte...
– Não estou interessada, seu Olegário.
– Como não está?
– Não estou.
– Será que não sabe quanto dinheiro vinte salários mínimos significam?
– Claro que sei, não sou ignorante.
– Já teve tanto dinheiro nas mãos?
– Eu? Imagine!
– E se eu lhe oferecesse trinta salários mínimos? O que diz?
– Digo que o senhor está mais é louco.

Olegário perdeu a paciência.

– Pensa que sou eu que a estou mandando embora, que é uma decisão minha? Estou apenas obedecendo ordens dos patrões.

– O senhor quer dizer dos dois, dona Duducha e Rudi?

Ele, que informara no plural, patrões, confirmou:

– Sim, dos dois...

Claudete enfiou a mão em seu avental e retirou um bonito cartão-postal, manuscrito. Colônia, Alemanha.

– Chegou hoje – disse ela. – Rudi diz que está com muita saudade. Como poderia ter dado ordem para me mandar embora?

Olegário já frequentara salões de bilhares; sabia o que era uma sinuca de bico. Estava numa.

— Bem, Rudi não deve estar sabendo... Mas não é ele quem manda aqui na casa, é dona Duducha.

— O senhor mesmo não disse que não tinha contado...

— E não contei, que vocês têm um caso, não, mas que andam de agarros ela sabe.

Olegário respirou; quem estava na sinuca agora era Claudete. Ou ainda não?

— Se eu contar a Rudi que está me pondo na rua, imaginou o que vai acontecer? Ele volta no mesmo dia — disse Claudete, já em movimento nas últimas palavras.

O mordomo seguiu-a pois a conversa ainda não terminara, mas, em lugar de ir à área de serviço, parou no escritório e telefonou para Amarante.

Claudete entrou em seu quarto, jogou-se na cama e retirou o cartão-postal do bolso. Já o lera muitas vezes, leu mais uma: *Tudo aqui é bonito, mas sem você é chato. Estou comprando quilos de livros e revistas*. A última frase, porém, era preocupante: *Talvez faça um curso que não existe aí. Beijos*. Mas a leitora em repouso não estava feliz. O curso significava demora, e ela não sabia até quando resistiria aos ataques de Olegário. E o pior: para onde endereçar seu pedido de socorro, se Rudi e Duducha estavam correndo cidades?

Apenas um cartão-postal.

Rudi e mamãe Duducha faziam uma refeição ligeira no Richard, na opinião dela, muito viajada, o mais belo e classudo café-restaurante da Europa, um que eram dois, o primeiro com fachada de banco inglês, duma sobriedade espessa, por dentro e por fora, que se refletia nos graves fregueses, bolado para afugentar turistas latinos, o segundo, de surpreendente arquitetura, um orquidário, prolongamento do primeiro, estendia-se todo de vidro ao sol e ao espaço duma praça, onde, em pequenas mesas, a freguesia, aqui menos formal, via, sem sair da estufa, a enegrecida catedral de Colônia e seus fotogênicos arredores. Duducha e seu filho escolheram essa parte transparente do Richard para experimentar os paladares sólidos e líquidos do país, ela, que começara a beber desde o Jumbo, ambos cansados da minuciosa visita à catedral. Rudi ficara tenso o tempo todo da visita, descontraindo-se um pouco mais quando lhe mostraram um trecho lateral afetado por bombas americanas e inglesas na Segunda Guerra Mundial. A catedral, a única construção da cidade que por respeito então não fora destruída, conservava essas cicatrizes, o maior risco sofrido em séculos de existência, que Rudi viu e tateou, momentaneamente saudoso de seus mísseis.

Duducha, encasacada, estava mais gorda e mais alegre, embora um tanto preocupada por não saber se a curiosidade demonstrada por Rudi, concentrado em tudo que via, significava que estava ou não esquecendo a perigosa Claudete. Quando ela mandara cartões-postais para Stênio e Amarante, o rapaz também enviara um, não sabia para quem. A maior possibilidade de esquecimento registrada era seu desejo de fazer um curso, ela não entendera de que matéria, quando luziu mais forte sua esperança de que se livrara do hipnótico vudu, sempre referido por Amarante quando lhe faltavam explicações científicas.

– Sabe, Rudi, estou me sentindo tão bem que não lembro nada nem ninguém de nossa cidade. Você está se sentindo assim? Não falo dos projetos e dos naviozinhos. Lembra alguém com uma dorzinha lá dentro?

Rudi tomou um trago dum coquetel ornamental.

– Conheço poucas pessoas, mãe.

– Bruna Maldonado, por exemplo.

– Se jamais gostei dela, como posso sentir saudades?

Ela, tostando-o, lembrou outro nome:

– O maestro Stênio Rossi. Confiou a ele até sua pasta...

– Uma amizade nova. Mentiria se dissesse que lembro muito dele.

O sorriso de Duducha esborrachou em suas gordas faces.

– Então está como eu, livre de lembranças. É o estado ideal para quem viaja.

O tema parecia esgotar-se aqui, tanto que Duducha falou qualquer coisa sobre a imponência da catedral vista do Richard, mas Rudi retomou-o como quem, depois de apanhar da polícia, decide dar o serviço.

– Tenho saudade só duma pessoa, mãe.

Duducha esfriou, tomou outro gole de sua bebida, evitou encarar o filho, pediu em pensamento que ele não fizesse a confissão, não pronunciasse certo nome e, para desencorajá-lo, perguntou:

– Alguma namoradinha da escola?

– Não, mãe.

– Olegário?

– Claudete.

– Que Claudete? Ah, a empregadinha... Ela admira muito a sua esquadra. É sensível de sua parte, Rudi. Mas acho-a espevitada, assanhadinha. Então tem saudade dela?

O jovem turista deixou cair um "tenho" sem esforço nem subtexto. Não era uma confissão, apenas um verbo no presente do indicativo, conjugado na primeira pessoa do singular.

– Vocês tinham certas intimidades? – perguntou a mãe, próxima e íntima como uma coleguinha do colégio. Recuou, porém: – Não me conte, a mocidade precisa manter os seus segredos. – Era pouco, faltava acrescentar algo: – Espero que seja um nadinha, só prazeres. Agora vamos ao Museu de Arte

Moderna. Pague a conta, Rudi, que desta língua, com seu pai, apenas aprendi o sotaque.

Como já se sabe, não fora apenas Claudete que recebera cartão-postal. Stênio Rossi e Amarante também, um exclamativo, outro determinante.
Como é impressionante esta catedral! Acabo de descobrir a diferença entre o velho e o eterno! Aqui tudo tem me feito bem! Rudi manda-lhe lembranças e eu um abraço, sem este casaco felpudo que me incomoda.
O de Amarante:
Mesmo dentro desta catedral mantive meu pensamento naquele caso. Você e Olegário cumpram o que ficou assentado. O resultado saberei depois, telefonando-lhe. Faça-o indolor.
Stênio sentiu um impacto. Nunca imaginou que a visão duma catedral o excitasse, fosse diretamente ao sexo. Leu mil vezes: *e eu um abraço, sem este casaco felpudo que me incomoda*. Uma simples amizade não requer contatos. Havia algo de confessional naquilo. O amor mais cedo ou mais tarde se manifesta pela rejeição de peças do vestuário. Alguém conhece uma grande paixão vivida na Groenlândia? Shakespeare, Gonzaga e Goethe quiseram nascer lá?

O cartão-postal enviado a Amarante suscitava outro tipo de considerações. Amarante lia-o quando Olegário telefonou; um encontro na praça já visitada foi marcado com a pressa dum *agora* dramático.

Chegaram ao mesmo tempo, o mordomo dizendo:
— A pretinha não aceitou...
— Verdade? Filha da...
— Ela recebeu um cartão-postal do Rudi e ficou cheia de vento. Já imaginou? Uma faxineira receber recado de amor da Alemanha? Estamos diante duma Julieta, doutor.

Amarante tirou do bolso o cartão enviado por Duducha, que o mordomo leu em centésimos de segundo.
— Trata-se duma ordem expressa — reconheceu Olegário.
— Oriunda de uma das maiores catedrais do mundo! Seria até pecaminoso não respeitá-la. Volte para casa e execute a tarefa com ou sem os salários mínimos. Quanto à reação de Rudi, depois não poderá nos atingir, pois temos uma prova por escrito de que a demissão foi obra de além-mar.

Era diálogo para ser desenvolvido de pé, mas Olegário acabou sentando-se num banco da praça.
— Falei em Julieta... Isso me faz temer até um suicídio.
O psicoterapeuta sabia restabelecer o equilíbrio das pessoas, seu ganha-pão.
— Seria um exagero sem consequências, meu caro Olegário. Claudete não pertence ao fidalgo tronco genealógico dos Capuleto. Depois, suicídio de

mulata pobre dá no máximo samba-enredo com vigência para cinquenta minutos de avenida.

– O senhor irá comigo?

– Admiro-o muito, Olegário, e dou-lhe todo o meu apoio, mas esse caso, de despedir uma faxineira, extravasa um pouco minha área científica. Faça o que tem de fazer e depois de feito comunique-me.

Amarante afastou-se e o mordomo permaneceu sentado mais alguns minutos. Estava magoado. Madame Duducha, ao contrário de ex-patroas quando em viagem, não lhe mandara nenhum cartão-postal, sempre úteis como atestado de bom relacionamento nos casos de mudança de emprego.

Claudete aproveitara a tarde vazia na mansão dos Kremmelbein para ir de trem até a periferia, numa visita rápida à irmã de sua mãe, uma mulher entrevada e pouco afetiva, quem lhe restava no mundo. Deixou com ela todo o dinheiro que levava, ouviu choramingas e voltou ao Morumbi.

– Claudete! Claudete... – chamou Olegário ao ver a empregada entrar na casa.

– Fui visitar minha tia.

– Tem todo o direito. Como ela está?

– Morre-não-morre.

– Então o dinheiro vai ajudá-la. Acompanhe-me ao escritório.

– Mas, seu Olegário...

– Acompanhe-me.

Claudete percebeu que o mordomo estava com outro pique, mais empinado e resoluto. Ao entrarem no escritório, ele se sentou à escrivaninha, onde tantas vezes vira o imponente doutor Ferd sentar-se, e Duducha, com toda a sua bunda e poder, após a morte dele. Aquilo era um trono, assento de reis, muito alto, nas nuvens, e quem nele sentasse ganhava de presente dos céus uma coroa. O Olegário circulante, o mordomo sempre em trânsito, supervisionando e pagando contas, sentando-se virava majestade, excelência, mandachuva, senhor de escravos. Claudete viu-se no pelourinho.

– O que deseja, majestade?

– Vamos acertar as contas. Vou lhe dar carta de alforria, mas suma daqui. Quer desgraçar o filho da fazendeira?

Com pena de ganso Olegário preencheu o cheque, que somava os trinta salários mínimos e tudo que por lei Claudete tinha direito. Apresentou-lhe um recibo:

– Assine.

Claudete reagiu ao pesadelo real:

– Rudi saberá de tudo – mais informação que ameaça.

– Na linha de baixo.

A pena de ganso da fantasia virou uma plebeia esferográfica, que a dourada mulata pegou e assinou. Veio depois o cheque e com ele o desejo de desaparecer. Resistira até demais, porém para os pobres há sempre um limite próximo.

A nobreza dos vencedores:

— Quer uma carta de apresentação?

A inútil rebeldia dos necessitados:

— Muito obrigada.

Claudete foi a seu quarto, enfiou suas roupas em duas sacolas, despediu-se sem explicações nem lágrimas da cozinheira e da copeira e rumou para a saída de serviço. Ao passar pelos verdes do jardim, pela piscina, o mar privativo de Rudi, vendo de longe a oficina onde ela e ele respiraram tanto, e tão coladinhos, o mesmo ar, aí, sim, perdeu a empáfia, fraquejou e sentiu que estava sendo expulsa do País das Maravilhas, não como amante dum príncipe, dum superdotado que dispensava maquininhas de calcular, mas como uma empregada qualquer, parda e burra. No portão, voltou-se para olhar ainda a paisagem bem penteada, luxuosa daquele reino e, em lugar de chorar, se fez uma promessa: jamais tornarei a ser uma doméstica.

Assim que Claudete cruzou o portão, Olegário discou para Amarante.

— A danadinha já se foi, doutor.

— Lamento.

— O quê?

— Disse lamento. Sou homem de 64 e até peguei cana para defender os desprotegidos. Fiz a minha parte. Mas a vida tem lances e transas que acabam surpreendendo e envolvendo a gente. Dói.

— Não gaste seus sentimentos com ela, doutor. A putinha não se curvou nem pediu misericórdia.

— Ao menos disse alguma coisa?

— Que Rudi ficaria sabendo de tudo.

— Aí você aludirá ao roubo da prataria, como ficou combinado. Precisamos tirar o nosso da seringa.

— O grande trunfo!

— Ah, você não lhe ofereceu uma carta de apresentação? Isso nos limparia um pouco.

— Ofereci, doutor, ela recusou.

Amarante fez aqui uma pausa tão grande que até pareceu que a linha caíra.

— Para ela a guerra ainda não acabou. Deve estar planejando coisas. Um bom cheque dá poderes. Mas não se admire se voltar, humildezinha, para lhe pedir a carta. O futuro é sempre mais negro para os negros.

34 – Achados e Perdidos

Na seção de Achados e Perdidos da companhia de ônibus, segunda-feira é dia de grande movimentação, sempre com fila de aflitos e desesperançados. A cabeleira acinzentada de Stênio Rossi era a que mais se agitava naquela espera de cucas frescas, como são apelidadas as pessoas que esquecem seus pertences nos carros, na maioria das vezes guarda-chuvas, embrulhos de presentes e sobretudos ou capas, se fez frio ou se choveu. O violinista do Municipal não esquecera nada de valor material relevante, mas o esquecido valera-lhe uma longa noite em claro. Algo ainda pior que esquecer o gato Mozart num vagão: a pasta de segredos militares de Rudi que sempre levava aos ensaios, ao sindicato dos músicos, a toda a parte, nos ônibus e táxis, para, na volta do filho de sua amada, não dar um parecer superficial demais sobre tais projetos, mas dum leigo atento, lúcido e admirado. Além de simpatizar com Rudi, desconfiado de que se tratava dum gênio, sabia que o rapaz representava um sinal verde para acesso ao coração de Duducha, a quem, timidamente e em segredo, amava cada vez mais. Quase segredo, o mais certo, pois a um amigo, Bataglia, secretário do sindicato, músico aposentado, abrira-se e continuava se abrindo, embora este, comunista como Stênio também fora no passado, espantava-se, com alguma reprovação pela sua paixão por uma milionária.

Chegando ao guichê, o violinista descreveu ao encarregado a pasta que esquecera, quando e onde, com voz trêmula, já pensando em como explicaria a Rudi a perda de seus projetos. Como se esperasse por ele, o encarregado prontamente lhe entregou a pasta de segredos militares, passando-lhe um formulário onde Stênio escreveu seu nome e endereço, numa alegria que se confundia com a surpresa do achado.

Preenchido o formulário, Stênio, com a pasta debaixo do braço e um "graças a Deus", foi se afastando da seção em estado de descontração e leveza. Dera uns vinte passos, quando ouviu um "o senhor aí", olhou para trás e viu dois homens que se dirigiam a ele apressados.

– Bom dia – disse um deles. – Então achou a pasta?

Stênio deu uma paradinha, pensando tratar-se dum assalto, apesar do movimento da rua.

O outro homem mostrou uma carteira.

– Somos da polícia.

O violinista imaginou que desejavam uma gratificação.

– O que querem?

– Recebemos um telefonema dos Achados e Perdidos a respeito duma pasta estranha. O senhor pertence ao Exército?

– Sou músico!

— Mas essa é uma pasta de segredos militares. Como está em seu poder?
— Não são segredos militares, são projetos de brinquedos.
— O senhor lida com brinquedos?
— Não, senhor.
— Então o que faz com a pasta?
— Ela não é minha, pertence a um rapaz, que desenhou os projetos.
— Como ele se chama?
— Rudolf Kremmelbein.
— Precisamos falar com ele.
— Ele está viajando. Europa.
Os dois policiais se entreolharam, mas a decisão estava tomada.
— Vamos ao departamento.
— É necessário?
— Claro — disse o policial, retirando a pasta de Stênio.

O delegado, diante de sua escrivaninha, examinava um a um os belos projetos de Rudi, tendo Stênio Rossi sentado à sua frente, ladeado pelos dois policiais.

— Isto aqui não são projetos de brinquedos — declarou. — O senhor está falando a verdade?

— Evidente que estou.

— Não entendo nada disso, mas me parecem realmente segredos militares, como diz a pasta. Precisamos investigar. O senhor terá de ficar detido.

O violinista reagiu, levantando-se.

— Não posso ficar detido. Tenho de alimentar meu gato.

Os policiais, à força, obrigaram-no a sentar novamente.

— Outra pessoa fará isso — disse o delegado. — Calma.

— Moro sozinho e Mozart faz suas refeições em horas certas.

O delegado mostrou-se paciente.

— Um dos nossos homens falará com seu zelador. Me dê sua chave. Aproveitaremos a ocasião para uma vistoria no apartamento.

Os policiais, que já estavam de posse do formulário que Stênio preenchera nos Achados e Perdidos, saíram depressa, enquanto o delegado voltava a examinar os projetos minuciosamente.

— Se não me engano, isto é obra de especialista. Aqui há um submarino...

— Que lança mísseis — esclareceu Stênio, quase com um orgulho de padrasto de Rudi. O destino resolvera aprontar-lhe uma brincadeira. Deveria aproveitar a ocasião e divertir-se?

— Mísseis intercontinentais?

— Devem atingir alvos a uma distância de quinze metros.

— Com todos estes cálculos? Vamos investigar. O senhor ficará acomodado aqui. Infelizmente, não temos muito espaço e precisará ficar com outras pessoas.

Stênio Rossi foi conduzido a uma cela não muito grande, onde se comprimiam perto de vinte delinquentes, que receberam o novo hóspede com ar de curiosidade e gozação. Não havia poltrona ou cadeira para sentar; teria de esperar pelas investigações de pé ou sentado no chão. Se se tratava duma brincadeira, aquela não era uma parte que provocasse riso.

Rossi apenas voltou à confortável sala do delegado no período da tarde, seis horas após sua detenção na cela, tempo suficiente para qualquer sociólogo recolher material sobre a vida dos detentos no cárcere temporário duma delegacia. Sentou-se.

— Consultamos um projetista duma das mais conceituadas fábricas de brinquedos — informou logo o delegado. — Negativo.

— O que quer dizer "negativo"?

— Aqueles não são projetos de brinquedos. Extremamente sofisticados. O projetista confessou-se incapaz de entendê-los.

A grande preocupação de Stênio:

— Ele devolveu a pasta em ordem?

— Ela não está aqui. Enviamos a um departamento competente do Exército. Temos de esperar pelo laudo.

O violinista, que tivera tempo para pensar, tentou simplificar a questão:

— O autor dos projetos, Rudolf Kremmelbein, um jovem de dezessete anos, está, como disse, na Europa. Mas seu tio Hans, sócio da F & H Embalagens, poderá lhe dar todos os esclarecimentos necessários.

— Espere. Disse que um garoto de dezessete anos projetou todo esse material bélico? Couraçados, cruzadores, destróiers...

— É um superdotado.

— Superdotado?

— Existem alguns, sabe?

— Bem, enquanto se aguarda o laudo do Exército, vamos procurar o tal Hans.

Stênio, levantando-se um centímetro da cadeira:

— Posso voltar para casa?

— Não — respondeu o delegado. — Seu gato está bem cuidado no apartamento do zelador.

Levantando-se mais um centímetro, Stênio:

— Terei de passar a noite aqui?

— Tentaremos evitar isso. Sossegue, seu apartamento está limpo. Não encontramos lá nada que o comprometa. — E arrematou com uma pergunta em que o sinal de interrogação mal se perceberia, se escrita. — O senhor não se dá bem com os vizinhos, não?

— Pouco falo com eles.

— Disseram que é um esquisitão, embora receba muitas visitas.

— Visitas de alunos. Leciono violino.
— Certo, professor. Agora vai ser levado de volta à cela, a não ser...
— ... a não ser o quê, doutor?
— Que queira confessar alguma coisa.

Stênio dormiu na cela, noite pior que outra passada no hospital, após uma operação de apendicite. Ele, que se recusara a comer qualquer coisa, tomou avidamente café com leite numa humilhante caneca de ágate. O jeito de comédia assumido pelos acontecimentos se desfez na madrugada. Acordou irritado.
Perto do meio-dia, Rossi foi novamente levado à sala do delegado.
— Sente-se, professor.
— Conversaram com o dr. Hans? — perguntou, já ouvindo um pedido de desculpas.
— Ele foi viajar. Imprevistamente.
— Para onde?
— Na empresa ninguém sabe. Nem as empregadas de seu apartamento. Informaram que ao viajar sempre deixa endereço, telefone e tudo o mais. Desta vez simplesmente sumiu. Nem disse quando volta. Estranhíssimo, não, tratando-se dum empresário? Apenas conseguimos apurar que uma loura foi com ele. Sabe dizer para onde?
— Como poderia, se nem o conheço?
— Mas parece que ele sabe onde está o senhor.
— Impossível. Doutor Hans nunca deve ter ouvido falar de Stênio Rossi.
O delegado fez aquela cara de quem quer prevenir — eu não sou bobo —, que serviu de preparo para uma pergunta com toque profissional:
— Ele também se interessa por armamentos sofisticados?
— Não sei. Mas o que disse o laudo, doutor?
— Ainda não está pronto. Soube da convocação dum perito especializado que virá não sei de onde.
Apavorado com a possibilidade de passar mais uma noite espremido entre assassinos e ladrões, Rossi lembrou de outra pessoa que poderia livrá-lo da enrascada:
— Quem poderá esclarecer tudo sobre essa pasta é o mordomo da senhora Kremmelbein, seu Olegário. Ele vai dar uma boa gargalhada!
O delegado não gostou da ideia de que alguém poderia dar gargalhada do seu trabalho.
— Vamos pegar esse mordomo e dar uma vistoria na casa – disse. – Talvez ele não ria.
Novamente recolhido à cela, Stênio Rossi começava a enfurecer-se e demonstrava isso, o que divertia alguns dos seus colegas com longa cancha de

confinamento em espaços reduzidos. Pior do que ser um estranho no ninho era a qualidade do ninho, inadequado para quem compusera e regera em manhã de praça sua *Sinfonia de setembro*, mavioso anúncio da longínqua primavera de 1956 ou 57.

Somente muito depois do almoço o maestro de um espetáculo foi retirado de sua cela para tornar à sala do delegado. Lá estavam, além do titular, os dois já conhecidos tiras, o mordomo Olegário e, sobre a mesa, um canhão e alguns navios de guerra de Rudi, que os policiais examinavam com mais espanto que atenção.

— Seu Olegário! — exclamou Rossi. — Já contou pra eles que tudo não passa dum *hobby* de Rudi?

— Já — respondeu o mordomo, nada à vontade. — Tudo vai ser esclarecido.

O delegado cravou um par de olhos pouco amistosos em Olegário.

— Não tão depressa assim, seu Olegário. Meus homens disseram que fazia as malas quando chegaram. Ia fugir como o tal Hans?

O mordomo ofendeu-se e elevou a voz:

— Fugir? Por quê? Ia aproveitar a ausência de dona Duducha para visitar parentes no interior durante dois ou três dias.

O delegado, que Rossi nunca vira de pé, levantou-se. Ao contrário da maioria dos policiais brasileiros, não gostava que erguessem a voz com ele.

— Não acredito muito em coincidências. Um está no exterior, outro foge com uma loura misteriosa, outro faz as malas para escapar... Há evidências demais de que estão todos no mesmo barco! Pensam que entrei ontem para a polícia?

Olegário, já tão irritado com o caso Claudete, prosseguiu no mesmo tom de voz:

— Mas não percebem que se trata dum mero *hobby*? Estão aí os navios como prova! Tudo isso foi feito por um rapazinho!

O delegado, contendo triunfantemente seu rancor, abriu um envelope, retirando um papel que, a seu ver, punha um ponto-final no assunto.

— *Hobby*, o senhor disse? Aqui está o laudo dum técnico em armamentos do Exército. Não se trata de brincadeira de criança. São projetos bélicos, sim. E coisa muito elaborada. Verdadeiros segredos militares, como diz a pasta. O que resta saber é se vocês roubaram a pasta e os protótipos de fábricas nacionais ou estão elaborando os projetos para nações estrangeiras. É só o que falta esclarecer.

Olegário fez uma besteira: riu.

— Pare de rir! — ordenou o delegado num berro.

O mordomo obedeceu, mas disse:

— Está havendo um lamentável engano... Este homem, por exemplo, é violinista do nosso Municipal...

— Já levantamos a ficha dele: andou metido com a esquerda e é amigo dum perigoso ex-líder sindical. Não dormimos de botina. E todo o pessoal do edifício onde mora o tem como uma pessoa muito estranha. Agora é sua ficha que vamos levantar, seu Olegário.

— Melhor fariam se telefonassem para Colônia, onde Rudi e sua mãe estão. Tenho aqui o nome do hotel, Königshof. Alguém fala alemão aqui?

— Me dê o telefone.

O mordomo entregou ao delegado um cartão-postal, o primeiro, que acabara de chegar da Alemanha, um belo impresso do hotel, que a autoridade leu em voz alta:

— *Caro Olegário, já se livraram daquela pessoa? Espero que façam serviço limpo. O mais, aqui, é lindeza. Assinado, Duducha Kremmelbein.* — E repetiu, espaçando as palavras para que seu sentido não deixasse dúvidas: — *... já se livraram daquela pessoa?* Que pessoa é essa, seu Olegário?

— Uma criada doméstica.

— E por que tinham de se livrar dela? Porque sabia demais? As coisas começam a ficar mais graves agora.

— Seu delegado...

— Antes de dizer qualquer coisa, responda: já se livraram dela?

— Ela foi despedida.

— Que função precisamente ela exerce na casa?

— Faxineira das áreas verdes — respondeu o mordomo.

O delegado voltou a sentar-se sob o peso do que lhe parecia absurdo.

— Quer dizer que uma mulher multimilionária viaja para a Europa tendo como única preocupação a demissão duma simples faxineira? Quer que eu engula essa? — Aos policiais: — Acreditam nisso? — Nem se deram ao trabalho de responder, apenas balançaram a cabeça negativamente. Ironizou: — E fizeram serviço limpo?

Olegário foi obrigado a revelar:

— Essa moça estava preocupando minha patroa.

— Preocupando por quê? Não sabia varrer?

— Trata-se dum caso íntimo da família.

Pela primeira vez um dos tiras participou do interrogatório:

— Isto não é um confessionário, mas o senhor terá que falar antes que adotemos outros métodos.

O mordomo já fora torturado por um padrasto bêbado, que sempre o acusava de roubar pinhões dum vasilhame. Revelou mais:

— Era uma empregada safadinha, que andava se esfregando no filho da patroa.

— O tal superdotado?

Os tiras riram.

— A inteligência dele que é superdesenvolvida.

— Essa história não me convence — disse o delegado. — Conte outra.

— Por que não liga logo para Colônia? — aborreceu-se o músico. — Aí tem o número do telefone do hotel, não?

Olegário e Stênio foram conduzidos a uma pequena sala algemados, onde ficaram sentados na companhia de um dos tiras, que colocou seu revólver sobre uma pequena mesa, enquanto o delegado localizava alguém que falasse alemão para comunicarem-se com o hotel, em Colônia.

— Como é que entramos nessa? — o mordomo perguntou ao violinista.

— Esqueci a pasta de Rudi num ônibus e, quando fui à seção de Achados e Perdidos, me agarraram. Passei a noite numa cela com não sei quantos delinquentes. Estou me sentindo desmoralizado.

— Nunca apreciei aqueles desenhos malucos. Podem mesmo intrigar muita gente que não conheça Rudi. Mas o telefonema vai esclarecer tudo.

— Precisavam nos colocar as algemas?

— Eles pensam que matamos a empregadinha. Lamento, maestro, mas está sendo suspeito de participação em crime de morte.

Já anoitecia quando houve novo encontro com o delegado, que apareceu na sala onde Olegário e Stênio estavam recolhidos. Um dos tiras retirou as algemas de ambos.

— Assim ficarão mais aliviados — disse a autoridade.

— Tudo esclarecido? — perguntou o mordomo.

Resposta tardia para bolir com os nervos:

— Eles não estão mais em Colônia. Foram para Berlim Oriental. De lá, quem sabe, União Soviética. Os senhores vão continuar como nossos hóspedes.

Os suspeitos, inconformados, saltaram de pé.

— Exijo que chamem já o advogado da F & H! — exigiu Olegário. — E também o doutor Renato Amarante! O que está havendo aqui é um abuso de autoridade! Não há motivo concreto para nos deterem.

Se era para falar grosso, o delegado tinha mais experiência:

— Que abuso de autoridade que nada! Um dos senhores é flagrado com uma pasta de projetos militares secretos, que diz serem de brinquedos; o outro, detido quando ia fugir, recebe do exterior um cartão suspeitíssimo que pode envolver um crime de morte, enquanto desaparecem o tal Hans, uma loura não identificada e o dito projetista e sua mãe vão para a Alemanha comunista! O que devo fazer? Deixá-los soltinhos por aí? Acham que nasci ontem?

— Não me interessa quando nasceu — declarou o mordomo —, porque não pretendo mandar-lhe presente de aniversário. O que exijo é a presença dum advogado da empresa e do doutor Amarante.

— Quem é esse doutor Amarante?
— Um psicoterapeuta que cuida de Rudolf.
— Quer dizer que quem fez esses projetos é doido?
— Doido acredito que seja quem fez o laudo, confundindo brinquedos com armas de guerra. Rudi, como superdotado, tem um orientador, alguém que acompanha seu desenvolvimento.
— Quero os endereços. Também da tal faxineira.
— Dela não tenho — mentiu, não querendo a negrinha nisso.
— Já suspeitava.
— O quê?
— Me dê ao menos o nome completo dela. Vamos nos mexer.

35 – À procura daquela que sabia demais

Olegário sofreu na cela da delegacia ainda mais que o maestro, pois era homem acostumado ao conforto, bons tratos e convivência amável. Passar uma noite sentado no chão, cercado de bandidos malcheirosos, gente que nunca usara gravata, a maioria calçando tênis, ignorantes das regras da cortesia, era uma humilhação nada atenuada pela presença do companheiro de cárcere. O maestro, aliás, caíra num mutismo quase total, culposo, pois nada daquilo teria acontecido se não tivesse esquecido a pasta no ônibus. Ao contrário do mordomo, conseguiu dormir, de exaustão pura, sono de abismo, duma profundidade que ultrapassava a própria densidade dos pesadelos, desses que cansam mais que a vigília.

Lá pelas sete da manhã, servido café com leite, o mordomo não tocou os lábios na caneouinha, enojado, mas o artista, faminto e mais ambientado com tudo, tomou-o em poucos goles. Começou aí a espera pela chamada do delegado, longa como as demais, o que só aconteceu três horas depois.

Olegário e Stênio foram conduzidos à presença do advogado da Kremmelbein, que só vira o primeiro uma vez e que não conhecia o segundo. Também nada sabia dos projetos e protótipos de Rudi, quase um segredo de família, para que sua criatividade não fosse confundida com loucura. O que fez foi enaltecer seus patrões, Duducha e Hans, industriais respeitáveis, de comportamento indiscutível.

— Não é o que dizem os jornais — rebateu o delegado. — A dona da empresa foi a causadora do escândalo do ano. Desconhecia esse fato?

O advogado da empresa, doutor Franco, gordo e flácido, com um aspecto de senador romano corrupto, apressadamente vestido e calçado, à maneira de nossa época, perdeu o pique louvaminheiro e não soube mais o que dizer.

— Bem... aconteceu... eu estava viajando.

— A empresa tem contatos no exterior? Digo, ligações com outros governos?

— Ela começou há trinta e cinco anos como firma de representações e há muito produz seus próprios produtos. Mas armas nunca estiveram nos planos da Kremmelbein.

O delegado, sacudindo a pasta no ar, protestou:

— Então como explica esses projetos sofisticadíssimos?

— Brinquedos! – berrou Olegário.

A autoridade passou o laudo para o doutor Franco.

— Leia o que um técnico altamente especializado diz desses brinquedinhos.

O advogado leu.

— Como disse, ignoro o assunto.

— E quanto a Amarante? – perguntou Olegário. – Já chegou?

— Não foi encontrado em seu apartamento. Deve ter fugido também – noticiou o delegado, como quem acrescenta mais um recorte ao seu jogo de armar.

Amarante não fugira. Apenas não dormira em seu apartamento, hábito semanal para atenuar tensões, evoluído para bi desde que perdera sua possibilidade com Bruna Maldonado. Do quarto de uma jovem conhecida, resolveu visitar Olegário para acerto de ponteiros.

Theodomira, a copeira, correu ao encontro do psicoterapeuta, chamando-o pelo nome. Afobadamente informou:

— Doutor Amarante, a polícia esteve aqui e levou Olegário.

— A polícia? O que ele fez?

— Não sei, ele ia viajar...

Ela estava descontrolada, precisava ser acalmada, tomar água, sentar para que Amarante pudesse entendê-la.

— Conte tudo.

— Eram dois, doutor Amarante. Pegaram Olegário quando ele fazia as malas. Depois foram à oficina de Rudi.

— À oficina de Rudi? Fazer o que lá?

— Saíram levando aqueles naviozinhos que ele fabrica.

Amarante não soube de onde partiu a pancada na cabeça.

— Não entendi nada, Theodomira.

— E eu, entendi? Hoje voltaram...

— Mas quando foi isso?

— Ontem.

— E voltaram hoje? Os mesmos?

— Ficaram uma hora examinando o jardim. Fizeram até uns pequenos buracos.

— Por quê?

— Perguntaram se Olegário tinha enterrado alguma coisa no jardim. Depois, quiseram saber de Claudete.

— Claudete?

— Primeiro, onde mora. Aqui ninguém sabe. Perguntaram até se ela andava de namoro com seu Rudi. Eu disse que não. Sei que andavam, mas não quis me meter.

O psicoterapeuta sentiu-se como se o presidente da República ou o papa fosse empurrado para dentro de seu ex-consultório metido numa camisa de força: estado de perplexidade total. Perguntas para respostas impossíveis bombardeavam-lhe a cabeça. Por que prenderam Olegário? Por que os policiais levaram os navios de Rudi? Por que os buracos no jardim? Por que a polícia procurava Claudete?

— Fiz bem em não falar do casinho dos dois, não? — perguntou Theodomira ansiosa.

Ante mais uma pergunta, Amarante desabou sobre uma cadeira.

— Se não sei o que está acontecendo, como posso saber o que é o certo e o errado?

Theodomira aventou uma hipótese insegura:

— Pode ser que Claudete foi morta e seu Olegário é o suspeito.

— E o que a esquadra de Rudi tem a ver com isso?

Enigmático demais para uma copeira, embora bem paga. Mas as pessoas mais simples acabam sendo sempre as mais práticas.

— O que o senhor tem a fazer é ir à delegacia.

Amarante, que fora perseguido e preso mais de uma vez como ativista da esquerda, não gostava nem de pensar em polícia, mas se quisesse resposta a tantos porquês não havia outra solução. O problema era descobrir onde o mordomo estava detido.

A sala do delegado estava alvoroçada, embora o advogado Franco tivesse sido dispensado: detetives entravam e saíam, chegaram dois técnicos em armamentos, repórteres e fotógrafos, que mesmo sem informações claras tentavam invadir o recinto. O violinista desmaiou.

— Levem esse homem para a sala ao lado — ordenou o delegado.

Enquanto carregavam Stênio, o mordomo era espremido num canto pelos técnicos e alguns tiras.

— Essa pasta foi roubada de que departamento? — um deles perguntava. — Do próprio Ministério do Exército? Responda logo.

— Não foi roubada de nenhum lugar. Já disse mil vezes que são projetos de brinquedos de Rudolf Kremmelbein, um jovem superdotado.

— Você está falando com técnicos — advertiu o outro. — A pasta ou foi roubada ou veio do exterior. Mas com que finalidade?

— Nada disso veio do exterior.

— Como explica a fuga de tanta gente por causa desses projetos? Olegário poderia explicar?

O delegado insistiu no fio da meada.

— Parece que há um crime de morte nessa novela. Tudo indica que uma faxineira foi assassinada por saber demais. Nisso que devemos nos fixar por enquanto.

Nesse ponto o mordomo cedeu.

— Ela está viva, posso dar o endereço dela.

— Mas disse que não tinha.

— Disse para não dar publicidade a um problema familiar. Podem tomar nota, sei de cor.

Minutos depois um carro policial seguia para a periferia, seguido por um número ilimitado de outros da reportagem dos jornais. Nesse mesmo momento, ainda ignorando tudo, preocupado, Amarante entrava na delegacia sem seu charme cotidiano. Imediatamente foi conduzido, quase empurrado, até a sala do delegado.

— Quem é o senhor? — perguntou a autoridade.

— Renato Amarante, psicote...

— Ah, o que estava desaparecido!

— Eu, desaparecido? Apenas não dormi no meu apartamento.

— Onde o descobriram? — perguntou o delegado aos detetives.

Amarante:

— Vim espontaneamente para saber por que prenderam o mordomo dos Kremmelbein.

Olegário saiu do canto onde o espremiam.

— Doutor Amarante, eu explico.

— Cale a boca, você! — berrou o delegado. — Quem explica aqui sou eu. — E voltando-se para Amarante: — O que o senhor sabe sobre certa pasta de segredos militares?

— Pasta de segredos milhares? — espantou-se o psicoterapeuta, não ligando os projetos de Rudi àquele alvoroço todo.

— Ela foi roubada ou foi enviada por alguma nação estrangeira? Nem pense em mentir. Temos sua ficha. É comuna, não?

Mesmo proibido de falar, Olegário disse bem alto:

— O maestro esqueceu a pasta de Rudi num ônibus, daí toda a confusão!

Levado fortemente pelo braço à escrivaninha, o delegado mostrou a Amarante os vasos de guerra e canhões retirados da oficina do superdotado.

— Já tinha visto esses protótipos?

Amarante fez o que Olegário fizera na véspera: começou a gargalhar. Uma gargalhada muito teatral e sonora, dirigida à fila de letra Z, que exigiu torção abdominal, descabelamento e pequenos intervalos para respiração. Todos na sala o rodearam como meros espectadores ou figurantes, sem saber se deixavam a gargalhada rolar ou se tentavam interrompê-la. Dois, jornalista e fotógrafo, aproveitando a concentração geral, entraram na sala para testemunhar e fotografar a explosão de riso, embora ignorando o que a motivara.

— Se não parar com isso será detido e processado por desrespeito às autoridades — ameaçou o delegado.

Amarante, num gesto, pediu apenas mais alguns momentos para dominar o acesso de riso, o que só conseguiria sentado e com a gravata afrouxada.

— O que que é tão engraçado? — indagou um dos técnicos.

Amarante voltou a gargalhar, sem o mesmo vigor, mas agora favorecido por um afinadíssimo coro de gargalhadas, iniciado pelos jornalistas e até por alguns tiras.

O delegado deu um soco na mesa.

— Quem mais der risada será encarcerado!

O psicoterapeuta levantou-se, sob a mira de muitos pares de olhos e *flashes*, foi à escrivaninha, ergueu um dos teleguiados de Rudi e anunciou, placidamente:

— Isto e tudo isso são apenas miniaturas bélicas que um rapazinho produziu na esperança de convencer os pais a montarem uma fábrica de brinquedos.

Um dos técnicos:

— E espera que acreditemos nisso?

— Não espero — respondeu Amarante. — Rudi se excedeu nos seus propósitos. Ele é um superdotado, um gênio, um habitante do primeiro mundo. Nós, terceiromundistas, estamos muito abaixo. Aos nove anos de idade já dispensava calculadoras eletrônicas. Aos doze não havia professor de física e matemática capaz de lhe ensinar qualquer coisa...

O delegado achou que Amarante estava falando demais. Interrompeu-o.

— E é esse gênio que anda de fornicações com a faxineira?

— É — confessou o psicoterapeuta. — Mas não pensem que se trata de alguma velha ou negra gorda. Claudete, que tem a idade de Rudi, é a mais saborosa mulatinha do planeta. Mesmo eu, que não tenho sua genialidade, não a deixaria escapar, se fosse minha empregada.

Risos não compartilhados pelo delegado e pelos técnicos.

— Ainda há a suspeita dum assassinato — disse a autoridade. — Todos continuarão detidos, inclusive o senhor, até que se localize a empregada. Minha impressão é de que o caso não acabará aqui.

36 – *Flashes*: Claudete na passarela

Claudete morava com a tia enferma num quarto de fim de mundo. Tendo descontado o cheque, comida era o que não estava faltando. E muito menos roupas. Jamais se vestira tão chiquemente, mesmo para ficar em casa. Enfiada numa blusa apertada e colorida e usando um *short* dos mais curtos, compunha a imagem que sempre quisera mostrar. Pedaço dos trópicos, era também um pedaço de pecado. A tia, embora mais morta que viva, entrevada, pedia-lhe a todo o momento que não saísse assim na rua porque fatalmente seria currada. Bom conselho. Ela repetia à sobrinha pela milésima vez o mesmo pedido, quando sirenes e ruídos de muitos motores de carros invadiram a vila onde as duas moravam. Imaginaram logo o cerco de algum criminoso ou traficantes de drogas, fato corriqueiro na periferia. Bateram à porta do quarto com sonoridade e insistência policiais. Claudete abriu.

– Aqui mora Claudete da Silva? – perguntou um investigador.
– Sou eu.

O tira, espantado:
– Está viva?
– Não – brincou a moça. – Morri ontem e já fui enterrada. Mas sou eu mesma que procuram?
– Trabalhou com a família Kremmelbein?
– Trabalhei durante um ano, mas fui despedida.
– Por que a despediram?

Não querendo dar explicações diante da tia, Claudete saiu do quarto para uma pequena área, quando foi vista pelos jornalistas e fotógrafos. Feliz:
– Eles vão me fotografar?
– Por que a despediram? – repetiu o policial.

Um dos jornalistas se interpôs:
– A senhorita podia dar um sorriso?
– Claro. Assim?

O investigador teve de perguntar pela terceira vez e com muito mais autoridade:
– Vamos. Por que a despediram?

Claudete encurtou o sorriso; o que ele perdeu em tamanho ganhou em malícia. Depois, molhou-o com a ponta da língua para que sua resposta não deixasse dúvida.

– Mandaram-me embora porque o filho da patroa ficou embeiçado por mim.
Um jornalista:
– E foi correspondido?

O policial repeliu a intervenção:

— Quem faz pergunta é a polícia! E foi correspondido?

Claudete fez um psiu, solicitando tom mais discreto, para que a tia não ouvisse.

— Foi.

Flashes e um pedido da imprensa:

— Pode repetir desde o psiu?

— F... o... i...

O investigador, outra vez:

— E onde está o alemãozinho agora?

— A mãe levou ele à Europa pra me esquecer — respondeu Claudete convencidamente.

Um fotógrafo teve uma ideia:

— Não podia levantar um pouco o *short*?

O tira:

— Ela está sendo interrogada, cara!

— Não custa nada — disse Claudete, atendendo à sugestão com desembaraço. — O senhor quer saber mais alguma coisa?

O investigador, vendo mais meio palmo daquela coxa morena e roliça, tão do gosto dos fotógrafos e que atraía também os outros policiais, esqueceu a pergunta.

— Não tem mais nada?

Acordou:

— Tem. O que você sabe sobre uma pasta secreta de projetos militares?

— Sei tudo — ela respondeu orgulhosamente.

— Tudo?

— Tudo.

— Então é melhor nos acompanhar à delegacia.

Vendo que a entrevista ao ar livre terminava, os fotógrafos bateram as chapas disponíveis, todas de fácil enquadramento porque Claudete sabia se movimentar, favorecer novos ângulos, improvisar e sobretudo rir, como aprendera nas revistas e telenovelas.

A chegada da falecida na delegacia, informada pelo rádio, era aguardada, mas nem todos tinham ouvido a descrição que Amarante fizera de seus dotes físicos, como também não se imaginava a blusa apertada e o *short*. Causando um "oh" desde o portão de entrada, a faxineira entrou na sala do delegado, onde se concentravam a autoridade responsável, investigadores, os peritos em armamentos, Amarante, Olegário e poucos repórteres. Stênio Rossi, dos implicados, era o único ausente.

— Seu nome, por favor? — perguntou o delegado.

Claudete ia responder, porém viu os barcos de guerra sobre a escrivaninha.

– Os naviozinhos de Rudi! – exclamou, aproximando-se. E advertiu: – Cuidado com isso, não quebrem, senão ele faz um escarcéu, quando souber.

– Seu nome?

– Claudete da Silva.

O investigador que fora buscá-la adiantou-se.

– Parece que foi despedida por aquilo mesmo... Galinhagem com o filho da patroa.

– Olegário, que está aí, pode explicar melhor que eu – disse ela.

– Ela disse também saber tudo sobre a pasta secreta – informou o policial. – É o que interessa, não, doutor?

Essa revelação criou certo suspense que reuniu delegado e peritos.

– Onde o rapaz conseguiu a pasta? – perguntou o delegado.

– Deve ter comprado em alguma papelaria.

– Refiro-me ao conteúdo, sua tonta, os projetos desenhados. Onde obteve?

– Não obteve de ninguém. Rudi mesmo desenhava, todas as tardes. Mas eu achava chato, preferia ver ele fazer essas coisas na oficina, e gostava ainda mais das batalhas navais, na piscina, com aquele solão em cima. Sabia que os navios têm canhões que disparam se a gente aperta uns botões? Não entendo como Rudi faz isso, pra mim é mágica, mas ele faz.

– Não é só você que não entende o engenho de Rudi – disse doutor Amarante, olhando com ironia os técnicos em armamentos. – Prossiga, Claudete.

– O que vocês querem saber mais?

– Rudi não contava com a ajuda de ninguém? – insistiu o delegado.

– Ele sempre trabalhou sozinho. Os outros até faziam gozação, coitado. Seu Olegário, por trás, dizia que era tudo loucura, por isso dona Duducha, a patroa, contratou um médico de cabeça.

Outra pergunta, com cara de última.

– O doutor Hans participava dos projetos de Rudi?

– Acho que nem sabia desses brinquedos de Rudi. Dona Duducha nunca falava das invenções dele, para que não dissessem que não regulava bem. Mais alguma coisa?

– Não, Claudete – disse o delegado. – Vamos levá-la de volta para sua casa e desculpe-nos pela perda de tempo.

– Ora, eu até gostei. Os retratos vão sair nos jornais?

– Isso não é comigo – disse a autoridade. E voltando-se aos demais: – Estou convencido agora de que tudo não passou de lamentável equívoco. Mas nós agimos bem. A polícia precisa estar sempre atenta a todo tipo de risco que possa ameaçar a sociedade e o país.

Um funcionário da delegacia, saindo da sala contígua, apressado, informou:

— Aquele senhor, o músico, está passando muito mal. Se não for socorrido já, seu coração para.

A pedido da polícia, os jornais não fizeram muito espalhafato com o caso da pasta de segredos militares esquecida num ônibus, já noticiando que a suspeita de roubo de projetos secretos fora uma precipitação motivada por excesso de zelo policial. Mas outra suspeita ligada ao caso, também infundada, a propósito do assassinato de uma empregada dos Kremmelbein, das embalagens F & H, esta ganhara muito espaço nos jornais, embora com mais fotos que textos. Fotos que mostravam a sensual Claudete da Silva em várias poses, sorrindo, provocante, a ilustrar a manchete: VIVINHA DA SILVA A BOA FAXINEIRA. O texto contava que ela enlouquecera o jovem filho duma industrial, mandado a espairecer na Europa, e que, não sendo encontrado, a polícia imaginara assassinada pelo mordomo por ordem da família.

Hans, que fazia sua primeira viagem com Bruna Maldonado, curta mas sem fios de comunicação com a empresa, para melhor aproveitá-la, leu na praia uma das reportagens sobre a pasta de segredos militares — roubo ou estranho conluio com potências estrangeiras — em que seu nome era mencionado como o de uma das pessoas envolvidas e que desaparecera na companhia duma misteriosa loura. Embora essa reportagem também aludisse à sadia precipitação policial, esclarecendo que os projetos bélicos pareciam de autoria dum garoto superdotado, o vice da F & H resolveu encurtar ainda mais sua estada na praia. Para explicar a Bruna a mudança de planos, o melhor que pôde fazer foi lhe mostrar os jornais.

— Veja que confusão aconteceu na minha ausência.

Bruna saltou depressa da pasta de Rudi perdida no ônibus para as fotos de Claudete.

— Eh! Por que deram tanto destaque a essa fedidinha? Mora na panca, Hans! O que ela pensa que é? Uma *playmate* da *Star*? Só porque andou se esfregando naquele bola murcha?

— Vamos voltar, Bruna. A diretoria da fábrica precisa ver que não tenho nenhuma razão para desaparecer.

Bruna, que ainda não abandonara o jornal, encontrou novo motivo para irritação.

— E isto de loura misteriosa? Parece que você foi viajar com uma piranha daqueles *saloons* dos filmes de caubói! Pra Duduchona escandalosa não ficar sabendo? O que ela faria, se soubesse? Quebrava a fábrica inteira?

— Calminha, Bruna, tudo vai se arranjar. Posso desarmar o guarda-sol?

Chegando em São Paulo, Hans, antes de tirar o paletó, telefonou para um amigo da Segurança Pública.

— Aqui é o Hans Kremmelbein. Acabo de voltar de viagem e estou à disposição da polícia para qualquer explicação. Fui passar uns dias na praia, não fugi de coisa alguma.

— Está tudo explicado, Hans – respondeu o amigo importante. – O rebu foi obra dum desses delegados que querem aparecer. Mas ele já pediu desculpas até para os porteiros da Secretaria. Agora, cá entre nós, aquela mulatinha que seu sobrinho andou comendo não está no gibi...

E aquela que ele perdeu, pensou Hans, não está onde? Na Enciclopédia Britânica? Afinal, sua loura misteriosa rendera página dupla de revista cara e não foto em seção policial dos jornais.

Claudete comprou cinco e depois mais cinco exemplares de jornais e afixou algumas páginas de reportagem com fita colante nas paredes do quarto. Indiscutivelmente era o melhor dia de sua existência e só lhe cabia encompridá-lo segurando os minutos e segurando-se nas horas para reter o tempo. Na casa de cômodos onde morava com a tia seu sucesso foi absoluto, medido pela inveja que despertava nas outras moças. Os homens não tiravam os olhos dela, bom pela quantidade, pois em qualidade Rudi sempre seria o primeiro. Mas seu êxito exigia mais espaço que o casarão. Saiu pelas ruas, seguiu pela avenida, entrou nas lojas. Em todo lugar puxava olhares nem sempre consequentes da publicidade jornalística. Olhares de quem vê e gosta e não de quem vê e reconhece. Apenas no mercadinho uma mulher da banca de frutas perguntou:

— Você não é aquela que saiu nos jornais?

Foi só, o que significava que se lia pouco jornal em seu bairro, um baldinho de água fria no calor da fama. Pena que a televisão não estivera presente. Pobre vê, não lê, e portanto a repercussão seria maior. Andou até cansar as pernas, até relaxar seu balanço, já com pressa de voltar ao quarto para rever as fotos dos jornais e reler o que disseram dela.

— Um moço esteve aí – disse a tia.
— Que moço?
— Um moço bem-vestido que chegou de carro. Pessoa educada.
— O que ele queria?
— Não disse, mas deixou um cartão. Está aí na mesa.

Claudete pegou o cartão, leu, tremeu e sentou. Havia algumas palavras a tinta, difíceis de entender, que meio na adivinhação diziam: *apareça segunda, 21, às 14 horas*. Parecia um recado da Providência.

37 – O complô bem-intencionado

O único que não leu reportagem alguma foi o violinista Stênio Rossi, no hospital, sob a tenda de oxigênio. Pressionado demais pelas autoridades e sujeito a dois dias e duas noites de prisão humilhante, tudo somado à saudade que sentia de Mozart, seu coração de sessenta anos não suportou: enfarte. O tratamento que recebia num hospital oficial era bom, pois o delegado, com receio de que a morte do músico o prejudicasse, se explorada pela imprensa, tomou iniciativas urgentes. Além do mais não perdoava os técnicos de armamentos que consultara, uns incompetentes, sem dúvida ignorantes em controles remotos e computadorização, aos quais atribuía a totalidade do vexame. Disse ao médico-chefe, pessoalmente:

– Façam o possível e o impossível. Trata-se de um dos melhores violinistas do país, orgulho de nosso Municipal. Aja como se fosse seu pai.

– Ele é pouco mais velho que eu, delegado.

– Então como se fosse seu irmão, tá?

– Não tenho irmãos, mas vou me esforçar da mesma forma.

O médico-chefe, logo no primeiro exame, concluiu: provavelmente era caso para pontes de safena, mas o violinista precisava antes recuperar-se do enfarte. Ia ter muitos dias de hospital pela frente.

Olegário foi o primeiro conhecido de Stênio a visitá-lo. Conseguindo licença para entrar na UTI e vendo que o músico parecia consciente, disse-lhe no ouvido:

– Aquela encrenca acabou. Está tudo certo.

Rossi articulou algumas palavras quase inaudíveis:

– Mozart está bem?

O mordomo, que não sabia da existência do gato e se sabia esquecera, fez sinal que sim, Mozart estava bem, e saiu com a impressão de que o doente, com derrame cerebral ou coisa assim, era um caso perdido. Conversou com o médico-chefe a respeito.

– Então ele está mal, não?

– Quando o examinei, há duas horas, estava reagindo.

– Agora acho que tornou a piorar. Perguntou-me se Mozart está bem! É o cérebro que está pifando, não?

– Se isso suceder, então é o fim... Coitado. O delegado disse que é um grande músico.

– Filho da puta.

– O músico?

– O delegado.

– Pode ser, mas seu Stênio deve muito a ele – retrucou o médico, sério, repugnado com a ingratidão.

Hans, que preferia sua cunhada o mais distante possível, por temer o provável escândalo que ela faria ao saber que Bruna Maldonado entrara para a família, em conversa telefônica com Duducha na Europa nada lhe disse sobre o caso da pasta e da internação hospitalar de seu amigo músico. E fez mais, ligou para Olegário e pediu-lhe que fizesse o mesmo, bico calado, para não prejudicar as merecidas férias da presidenta, resolução que deveria ser transmitida imediatamente a Amarante.

— Será um complô de boas intenções – concluiu.

Amarante, mesmo na ausência de seu cliente, recebia salário. Achou prudente e muito humano o posicionamento de Hans, pois, dando-se tempo ao tempo, na volta de Duducha os fatos lamentáveis seriam minimizados ou relatados com cautela, brevidade e bom humor. O único risco ao aludido complô seria a morte do violinista, que dificilmente caberia numa versão humorística. Com receio desse drama, Amarante correu para o hospital.

Stênio Rossi já saíra da UTI e recuperava-se num quarto com mais três enfermos, à espera de que resolvessem o que fariam com seu coração, quando Amarante apareceu para visitá-lo. O maestro de Duducha disse sentir-se bem, mas na realidade estava um trapo.

— Veio aqui um representante do sindicato – disse. – Estão cuidando de minha aposentadoria.

— Isso não é bom?

— Reconheço que não fiz uma carreira brilhante, mas sempre tive esperanças de que um dia apresentassem minha *Sinfonia de setembro* no Municipal. Com a aposentadoria, é mais um sonho que morre.

— O importante agora é sua saúde – apressou-se em dizer o psicoterapeuta. E perguntou: – Tem recebido notícias de dona Duducha? Sei que ela o estima muito.

— Se me mandou qualquer coisa, está em meu apartamento. Disse que me enviaria cartões. Com eles aqui, seria um entretenimento para mim.

— Posso apanhá-los – prometeu Amarante –, mas queria lhe pedir um favor. Não escreva nada sobre o acontecido. Nem mesmo sobre seu infarto. Para que dar más notícias?

— Farei isso – garantiu o músico –, mas queria também outro favor seu. Sobre Mozart. Veja se está bem.

— Tem um busto de Mozart? Quer que o traga?

— Mozart é um gato. Ficou com o zelador. Receio que não esteja sendo bem tratado.

— Me dê o endereço e a chave e cuidarei de tudo.

Amarante, com seu dia livre, foi ao apartamento de Stênio e ficou logo surpreso com o número de cartões-postais da Europa que encontrou debaixo da porta. Quatro, ele que recebera só um. E em todos frases muito afetuosas, sendo que no último Duducha postara também um beijo. Se já se julgara o primeiro da lista dos íntimos da senhora presidenta, não podia julgar-se mais. Aquele músico velhusco e malvestido, sessentão, em vias de aposentadoria, evidentemente liderava o *ranking*. Não imaginava por que, mas, como estava diante dum fato, teria de ser-lhe muito útil naquelas circunstâncias e, se possível, fazer-se seu amigo. Ah, precisava dar uma olhada no gato.

O zelador do edifício, visitado por Amarante, demonstrou de imediato o seu desagrado em ter o felino como hóspede.

— Sabe quanto está o preço do leite? Ele está me dando muita despesa e já me arranhou três vezes. Não posso ficar com esse bicho por mais tempo.

Amarante, com os quatro cartões-postais na mão, pensou depressa: era a oportunidade para bajular o novo queridinho de Duducha.

— Fico com o gato.

— Fica?

— Fico.

— Graças a Deus.

Meia hora depois, Amarante entrava na mansão do Morumbi com o Mozart nas mãos e os cartões no bolso. Olegário veio a seu encontro.

— Um gato?

— A julgar pelas unhas, é. Pertence a Stênio Rossi e estava sob os cuidados do zelador do edifício, que não o quer mais. Este é um bom lugar para ele ficar até que o violinista saia do hospital.

— Não sei se dona Duducha aprovaria, mas...

— Aprovaria, sim — declarou Amarante, tirando os cartões do bolso. — Veja quantos ela mandou para Stênio.

— Quatro! Eu que a sirvo há tantos anos, um só.

— E também um para mim, que salvei o filho dela da camisa de força e dos choques elétricos. Curioso, não? Por que tanto carinho para com esse músico de merda?

Olegário tentou explicar o fato pela rotina:

— Ela sempre tem um preferido. Foi um poetinha que não tomava banho, um pintor maconheiro, o tal de Orfeu, sempre querendo envolvê-la em negócios sujos, e agora esse espantalho...

— Se o Paganini está com essa bola toda, é melhor lhe dar atenção. Sugiro que um dia eu, um dia você, o visitemos no hospital. Estive lá e vou voltar para levar-lhe os cartões. Não se preocupe, a ordem do Hans será obedecida. Ele prometeu não tocar no caso da pasta nem no infarto. Tome o gato.

Olegário pegou Mozart desajeitadamente e logo deu um pequeno grito.

— Me arranhou, o desgraçado. Sai dum muquifo, vem pra um palácio e ainda estrila. Os ricos têm razão em não confiar na plebe.

— Adeus, Mozart! — despediu-se Amarante. — Aproveite bem esse paraíso, pois os que não nascem nele acabam sempre voltando para o inferno.

Doutor Amarante nunca fora *office-boy*, mas era veloz. Entrou no carro e rumou de volta ao hospital. Apareceu no quarto de Stênio agitando os cartões.

— Nossa querida Duducha não esqueceu de você. Logo quatro.

Apesar de seu estado, o violinista retirou agilmente os cartões da mão do psicoterapeuta. Leu um por um como se fossem poemas antológicos. O último, o que trazia um beijo, quase o fez chorar. Animou-se, porém. Parecia querer saltar do leito para jogar uma partida de frontão.

— Mais outra boa notícia — informou o mais recente amigo do músico. — O doce Mozart mudou de endereço.

— ?

— Como ele e o zelador do edifício não se entendiam bem devido ao seu vício de tomar leite várias vezes ao dia, levei-o para uma mansão no Morumbi, onde terá inclusive um mordomo para atendê-lo.

— Mozart está na casa de dona Duducha? — admirou-se Rossi, movendo-se na cama.

— Fiz bem em providenciar sua mudança, não?

— Olegário pode não gostar...

— Adorou-o!

— Não sei como lhe agradecer, doutor.

— Melhor: não agradeça. Para que servem os amigos? E não esqueça: se escrever à madame, fale só de ouro sobre o azul.

Apesar das boas-novas e de ter tido a satisfação de mandar uma breve carta ao último endereço fornecido pela sua protetora, o violinista Stênio Rossi não escapou da operação e de voltar à solidão da UTI, onde permaneceu dias em estado de vitrina, diariamente observado por Amarante ou por Olegário, e ainda por um investigador de polícia a mando do delegado que esquadrilhara o caso da pasta de segredos militares.

A operação foi bem-sucedida, mas a recuperação, lenta, com altos e baixos, complicada por uma gripe ou pneumonia de resistência teimosa. Como não havia quem o cuidasse no apartamento, permaneceu no hospital, um tanto abandonado, pois já fora de perigo, até o dia em que o anjo por Deus escalado o removeria dali para lugar incontestavelmente melhor e mais amplo.

38 – O anjo e seu filho retornam

A permanência de Duducha e seu garoto na Europa prolongou-se mais do que o esperado: quatro meses e milhares de dólares, com etapas em sete países, a mais demorada na Alemanha, onde Rudi pôde praticar o idioma, fazer um curso breve de cibernética e outro ainda mais breve sobre mecanismos automáticos, robôs, ambos sem grandes novidades para ele. Mas seu tempo gasto em auditórios e livrarias não foi maior que o despendido por Duducha em lojas, salões de beleza e desfiles de modas, ambos, o útil e o fútil, materializados em muitas malas de livros, revistas, roupas e cosméticos.

Duducha não sofreu solidão na Europa, nem a dois, com o filhote, pois fez amizades ocasionais em trens, com vizinhos de mesa nos restaurantes ou hóspedes do mesmo andar de hotéis, usando uma espécie de esperanto como idioma, palavras soltas de várias línguas, que ela compactava com as mãos, mimicamente, como quem prepara massa de pizza. Encontrou também em ruidosos acasos, principalmente em boates famosas, velhas amigas e até inimigas, com as quais agendou outros encontros e pequenas viagens que não interessavam a Rudi. Com uma dessas, Célia, uma solteirona que tentara em vão conquistar o coração do cunhado Hans, Duducha circulou um mês de alegrias, sempre a prometer-lhe que, chegando a São Paulo, convenceria o sócio afinal a desposá-la.

— Garanto que ele não tem outra e, como vice, obedecerá a ordem da presidenta da empresa. É homem competente, mas nas coisas de amor precisa ser empurrado. É um coração sem rodas.

— Jura que me conseguirá isso, gorda incrível?

— Será meu primeiro trabalho ao pisar no Brasil. Chamarei Hans à minha sala e direi: você vai casar com Célia Aguirre dentro um mês. Pode voltar ao serviço.

— Tão fácil assim?

— Talvez eu dê a ordem pelo telefone. Ainda mais fácil.

Célia, que bem sabia o que aquele macio aríete era capaz de obter, chorou emocionada sobre um prato de trufas, dizendo que fora Deus quem pusera Duducha em seu caminho para acabar com seu encruado celibato.

Ao colocar o *Do not disturb* nas portas de hotel, fechando-se nos apartamentos, Duducha, menos extravasante, largava-se na cama e deixava o pensamento ir para onde quisesse, ciente de que ele só iria para onde ela queria. Nesses momentos concentrava-se em Stênio Rossi e vivia momentos de grande paz. Fazia-lhe bem convocá-lo nessas ocasiões, embora ficasse uma pena: um homem de talento esquecido pela sorte, ao contrário dela, que sem o menor esforço saíra dum quarto e sala para uma mansão. A fortuna apenas lhe cobrara a passagem do ônibus. E invariavelmente decidia antes de apagar a luz: hei de ajudar o maestro. Apenas uma vez aconteceu-lhe de tornar a acender a luz para perguntar-se: será que estou gostando dele? Mas só uma vez, as outras perguntou com a luz apagada mesmo.

Rudi não chegou a enfastiar-se na Europa, como a mamãe receava. Faltava-lhe o espírito de turista, a curiosidade pelos lugares famosos e o desejo de jogar moedinhas em fontes públicas. Já conhecia bem a Europa e sem nenhum deslumbramento observava ruínas, palácios, pontes e museus, estudante comum não superdotado em História ou Geografia Política. Sua fixação, com ânsia de reter tudo, limitava-se à ciência e à tecnologia, principalmente ao novo delas e suas próximas metas. Logo cedo fazia sua refeição matinal com a mãe, dizia-lhe tchau e ia correr as bancas e livrarias, sem pressa e incansável, lendo imediatamente o que comprava, sentado nos bancos de praças e bares abertos. À tarde havia a rotina dos cursos em universidades ou bibliotecas, dois apenas concluídos, pois abandonava depressa aqueles que não lhe acrescentavam conhecimentos. Fez uma rala amizade com alguns professores e ainda mais superficial com alunos, porque a insistência com que se apegava às matérias, fora das salas de aulas ou auditórios, aborrecia uns e outros. À noite, se não acompanhava a mãe em seus programas, também assistia a conferências, sozinho, ou se fechava no apartamento.

E Claudete?

Claudete desapareceu da memória de Rudi nos primeiros dias de Europa, mas certa manhã, quando tomava banho no hotel, voltou subitamente, inteira, e ensaboou-se com ela sob o mesmo jato de água quente. Foi o dia em que lhe mandou o cartão-postal. Voltou a aparecer-lhe, nunca como uma lembrança diluída ou procurada, nem persistente, porém como no banho, sem bater à porta de suas recordações, de imprevisto e com muita presença. Uma amante sem corpo, com vontade própria, que só o visitava quando lhe desse na telha. A confissão que fez à sua mãe sobre seu interesse por Claudete ficou naquilo; não voltou mais ao assunto nem ela o retomou, e como acontecera num café, o Richard, passou tal qual um objeto que lá fora esquecido sobre a mesa. Por outro lado, não demonstrava pressa de voltar para São Paulo, grato à mãe que lhe proporcionara a viagem, e para não precipitar sua recuperação após morte e escândalo. Duducha também não falava de saudade, a não ser quando se referia ao maestro Stênio, pessoa boníssima, pura, terna, que um dia ajudaria. Assim o interlúdio europeu demorou-se mais do que ambos imaginavam, até o dia em que ela comunicou:

— Voltaremos amanhã. Faça as malas.

— Pensei que desejasse ficar até o fim do mês.

— Algo me diz que devo voltar, e como vim para não fazer nada, tenho a sensação de que já fiz tudo. Adeus, Europa!

A partir desse momento, sim, Rudi ficou ansioso, contando as horas, à espera de que Claudete reaparecesse para lhe contar a novidade, porém, por mais que estimulasse a memória, ela não apareceu.

Olegário e Amarante, informados da chegada dos turistas, esperaram por eles alegremente no aeroporto, combinando que nada lhes diriam sobre o acontecido até que chegassem na mansão. Duducha, foram sinceros, estava ainda mais bonitona e Rudi voltara ainda mais estrangeiro. No carro, os dois só ouviram a patroa, que com mil palavras garantia ter feito uma viagem divina e que Rudi – Olegário e Amarante gostaram – nem parecia lembrar-se de São Paulo.

Ao entrarem na casa, no mesmo tempo em que os empregados levavam as malas para o interior, Duducha olhou para o gramado do jardim e exclamou:

– Onde arranjaram aquele gato feio?

Olegário sentiu que era a deixa para dar início à tragicômica novela da pasta de segredos militares.

– É Mozart.

– O Mozart do maestro?

– Está aqui há mais de um mês. O nosso amigo Amarante fez a caridade de ir buscá-lo no apartamento.

Duducha, que andava, parou, enquanto Rudi se adiantava e perdia o diálogo.

– Caridade? O que aconteceu com ele?

– Está internado num hospital. Teve um infarto e fez uma operação delicada.

– Vamos para o escritório. Quero saber de tudo – disse Duducha, aflita. – Coitado do maestro... Vocês cuidaram bem dele? Não lhe deixaram faltar nada?

Já no escritório, Amarante disse:

– Eu e Olegário demos todo o apoio. E não podia ser de outra maneira. Afinal, todos tivemos um pouco de culpa pelo que lhe aconteceu.

Duducha sentou-se: bem que recebera o aviso para voltar.

– Disse culpa?

– Eu não diria culpa – interveio Olegário –, diria que toda a história nasceu daqui. Fomos envolvidos no mesmo caso e ele levado de roldão.

Esses preâmbulos irritaram a dona da casa.

– Vamos depressa. Comecem.

Nesse momento Rudi entrou, afobado.

– Claudete não trabalha mais aqui? Quem a mandou embora?

Olegário, olhado por todos, a figura central da cena, com muita dignidade começou a falar.

– Foi bom ter chegado, Rudi. O que vou contar lhe interessa muito. Você emprestou sua pasta de segredos militares ao maestro, não? Por isso é que ele foi preso.

Mãe e filho:

– Preso?

– E eu também.

— E eu por um triz que não fui — acrescentou Amarante.

— Que história fantástica é essa? — espantou-se Duducha.

— O maestro esqueceu a pasta num ônibus — esclareceu Olegário —, e no dia seguinte, quando foi buscá-la na seção de Achados e Perdidos da companhia de transportes, a polícia o deteve.

— Por quê? — perguntou Duducha, afundando na poltrona.

— Porque era uma pasta de segredos militares... Podia ter sido roubada do Exército ou da Marinha.

— Eram projetos de brinquedos! — bradou Duducha, apalermada.

— Foi o que o maestro logicamente disse. Mas a polícia não acreditou e convocou técnicos em armamentos para fazerem um laudo.

— Aí, Rudi, você merece elogios — interrompeu Amarante. — Os técnicos concluíram que se tratava de projetos bélicos de verdade, até muito sofisticados, provavelmente provenientes duma nação estrangeira. Em suma, ficaram confusos. Vieram até buscar a sua esquadra, Rudi. E de nada adiantava dizer-lhes que você é um gênio, um superdotado... Pode pegar outra vez o fio da meada, Olegário. Conte tudo a partir do começo.

Olegário mostrou-se bom narrador, sem esquecer detalhes nem saltar episódios. Contou tudo, tudo, ressaltando a coincidência de que fazia as malas para uma pequena viagem quando a polícia chegou, a infeliz ausência de Hans (não se referiu à loura misteriosa para não causar interrupções explicativas, já que não sabia quem era a moça), a dificuldade em localizar Amarante, o inútil telefonema para a Europa e a suspeita de que Claudete havia sido assassinada por saber demais. Por último, abriu uma gaveta da escrivaninha e mostrou os recortes dos jornais.

— A descoberta de que Claudete estava viva e que assistia Rudi realizar os seus projetos fez desmoronar a ideia de furto de documentos e das implicações internacionais que a polícia imaginara. Nisso tudo, diga-se de passagem, a atuação do doutor Amarante, sua segurança, foi decisiva.

Depois de alguns minutos de só ouvir, Rudi perguntou:

— Mas por que Claudete foi mandada embora?

Duducha não deu tempo para resposta:

— O pior é que nessa bobagem toda houve uma vítima, o maestro. Em que hospital ele está? Quero vê-lo já. Leve-me, Olegário.

Olegário foi buscar o carro e, quando Duducha se afastou para dar uma olhada na casa, Amarante não encontrou jeito de escapar de Rudi.

— Claudete foi mandada embora ou saiu porque quis?

— O mordomo sabe disso melhor do que eu. Parece que houve um acordo que satisfez ambas as partes. Claudete recebeu uma gratificação muito generosa. Consta que se retirou muito alegre.

Rudi olhou detidamente as fotos dos jornais.

— Aqui está alegre mesmo... Você a viu?

— Ela compareceu à delegacia para prestar depoimento toda feliz com a repercussão do caso.

— Perguntou-lhe de mim?

— Não, Rudi, lamento.

— Mandei-lhe três postais.

— Pelo menos um soube que recebeu – disse Amarante junto dum conselho em tom amigável: – Esqueça-a, Rudi. Quem não teve uma paixão em sua idade?

Rudi afastou-se: além de esquecer Claudete tinha de desfazer as malas.

Duducha entrou sozinha no quarto de Stênio, ainda dividido com mais dois. Dormia. Ela puxou uma cadeira, sentou-se ao seu lado e, perto de seu ouvido, disse-lhe:

— Maestro, sou eu...

Rossi foi abrindo os olhos lentamente até deparar com aquele cromo multicolorido e perfumado que lhe sorria com tantos dentes e vontade de alegrar. Depois sentiu sua mão no braço, a de quem segura alguém que derrapasse para um abismo, mas estava tão fraco que nem retribuir o sorriso podia.

— Vou tirá-lo daqui – ela disse. – Falei com o médico. O que você tem é desânimo e mais nada.

— Fui aposentado – ele conseguiu dizer num murmúrio.

— Não se deixe abater. Você vai trabalhar, trabalhar muito. A Kremmelbein e outras indústrias amigas vão patrocinar uma orquestra e você será o regente. Vim ruminando isso no avião. Terá a sua banda, Stênio querido.

Rossi mexeu-se na cama, espírito e músculos revigorados.

— A senhora é uma santa.

— Duvide da bondade dos industriais. Talvez ganhemos muito dinheiro com seus concertos, apesar do caráter institucional.

O médico-chefe, com quem Duducha já conversara ao entrar, aproximou-se.

— Agora está com melhor aspecto – observou.

— Posso retirá-lo do hospital? Em minha casa terá de tudo, inclusive enfermeira. Meu carro está no pátio.

— Acha que pode levantar? – o médico perguntou a Rossi.

— Posso – ele respondeu, sentando-se.

— Até o carro irá numa cadeira de rodas. Com boa alimentação, ar fresco, cuidados, em poucos dias estará novo – garantiu o doutor. – O corte da operação já cicatrizou. Só lhe faltava uma boa dose de ânimo.

— Peça a alguém para vesti-lo – pediu Duducha ao médico. – Vou esperá-lo no carro, maestro.

Antes que ela saísse, o ressuscitado perguntou:
— E Mozart?
— Ainda não fomos apresentados, pois cheguei agora, mas Olegário disse que parece estar gostando dos ares do Morumbi.

Duducha cumprimentou alguns funcionários da F & H, acomodou-se no escritório presidencial e mandou chamar o cunhado. Hans apareceu expedito e deu na sócia o abraço mais apertado de toda a sua convivência com ela. E como não podia deixar de ser, o caso da pasta de segredos militares foi o primeiro da pauta.
— Uma trapalhada – disse o vice. – Quase que se torna uma fofoca internacional. E lamentou: — As coisas seriam logo esclarecidas se eu não tivesse tirado alguns dias para descansar sem deixar o telefone do hotel...
— Uma série de desencontros, na linha de Feideau.
— Teve notícias do tal músico? Foi operado?
— Já está em minha casa, recuperando-se. Aliás, a respeito dele, tive uma grande ideia – anunciou Duducha. – Patrocinar uma orquestra, mais nobre do que gastar a verba publicitária com telenovelas e shows de televisão, não? Você vai dizer que sairá muito caro, mas não estaremos sozinhos no empreendimento. Dividiremos os custos com outras firmas.
— Publicidade é item ligado mais à presidência. Você sempre deu bons palpites nisso. Ferd achava-a grande marqueteira.
— Ligar o nome da Kremmelbein aos clássicos da música poderá resultar até numa boa jogada comercial.
— Faça os planos com uma previsão aproximada de gastos e depois estudaremos a ideia – disse Hans, muito preocupado em adoçar a cunhada caso o nome da loura misteriosa surgisse agora ou depois, além de saber que o charme de muitas ideias, bolações ousadas, malucas ou brilhantes se desfazem quando se defrontam com a verdade fria dos números.
A conversa parecia ter chegado ao fim, mas Duducha apenas adiara o seu motivo mais emocional.
— Hans, querido, sabe quem encontrei na Europa? Célia Aguirre! Ela está bonita, vistosa, muito mais vivida e ainda apaixonada por você! Basta falar seu nome ou ouvi-lo e ela se aproxima do orgasmo. Hans para ela é um código erótico, quase indecente. Se você desencabular e disser *shazam*, ela aparece num instante aqui na empresa.
O vice acusou o golpe, ficou vermelho, soltou um risinho e, acabou dizendo:
— Eu já senti qualquer coisa por ela... Mas agora seria impossível... convocá-la. Já estou comprometido.

Todas as gorduras da presidenta, como se ligadas a um sismógrafo, abalaram-se. Estava diante da novidade Kremmelbein do ano?

— Você, comprometido?

— Estou vivendo com uma moça há algumas semanas. Talvez me case, não sei.

— Você, um teuto em estado de pureza, vivendo com uma moça? Hans amancebado! Só um Ray Bradbury poderia imaginar coisa assim!

— Mas é verdade. Aconteceu.

— Então a tal escapada com destino ignorado foi uma espécie de lua de mel?

— Ou o ensaio de uma mais longa, como a que teve com Ferd.

Um sorriso de Duducha misturou decepção e surpresa.

— Conheço a senhorita?

Uma bomba de fabricação doméstica:

— Conhece.

A capacidade de adivinhação de Duducha não saiu da fábrica:

— Alguma de nossas secretárias? Tivemos uma *expert* em pescar tubarões na diretoria...

Hans percebeu que era inútil espichar o segredo.

— Ela nunca trabalhou na empresa, embora um de seus sonhos foi o de colaborar no setor publicitário, emprestar sua imagem... Mesmo vivendo comigo, não precisando mais de contratos, ainda alimenta essa esperança. Gostaria de abandonar a profissão, substituindo o nosso cansado e aposentável canguru.

O sismógrafo desta vez acusou balanços e rachaduras no coração da senhora presidenta. Houve uma pausa, sim, que Duducha alargou com alguns movimentos desconexos de braços.

— Essa moça é Bruna Maldonado?

— É Bruna Maldonado – confirmou o vice.

— A *Sensação de Setembro*? – ironizou Duducha.

— Não lembro o mês em que posou. O que sinto por ela nada tem a ver com as fotos da revista *Star*. Para mim Bruna não é uma mulher de papel.

O que diria Duducha? Que contratara Bruna Maldonado para ter um caso com seu filho? E ele, o que diria? Que era verdade, mas nada acontecera porque Rudi preferira a empregadinha mulata? De um lado ou de outro o tema não era edificante.

— O canguru ficará onde está até que se tenha uma ideia mais decente – declarou Duducha, séria. – Bem, Hans, tenho que assinar estes papéis.

A presidenta nem empunhou a caneta. Que espertinha! Não tivera nenhum conflito direto com Bruna Maldonado, mas jamais perdoara sua incompetência em relação a Rudi, talvez, via agora, por vislumbrar a aplicação dum golpe muito mais rendoso. Quem sabe há muito a vigarista planejara abo-

150

canhar Hans, porém malandramente esperou sua viagem à Europa para agir. Sentiu ódio, ódio puro, sem investigar suas raízes, sem pesar motivos ou abrir ponderações; ódio de dizer palavrões, de puxar cabelos, de lhe dar um pontapé na... Somente uma bonita vingança deixaria Duducha mais aliviada.

Telefonou:

— Amarante? Amarante, você sabia que a puta da Maldonado é amante do Hans?

Silêncio com dor.

— O quê? Aquela... Amante do doutor Hans?

— Você não sabia mesmo?

— Como poderia saber? Nunca mais a vi... Nem a procurei, claro.

Gancho.

Duducha mergulhou novamente em seu ódio, a imaginar que vingança enegreceria, ao menos um pouco, a vitória de Bruna, mas subitamente esqueceu a mágoa lembrando-se do maestro Stênio Rossi, tão necessitado de cuidados e estímulos. Mais que uma paga merecida, uma indenização devido à maldita pasta de Rudi, tratar dele e do seu gato seria sobretudo um grande e quase inexplicável prazer.

39 – A necessidade duma reflexão urgente

Uma enfermeira colaborou durante uma semana na colocação de Stênio Rossi em posição vertical, quando, ela já dispensada, pôde andar pela casa, brincar com Mozart sobre a grama e tratar da escalação dos músicos de sua orquestra. Duducha, por seu lado, movimentou-se dinamicamente: conversou por telefone ou em pessoa com diversos industriais e obteve pelo menos de três a confirmação de que participariam do projeto musical com uma quota fixa para pagamento das despesas. Duducha definiu também a contratação de um diretor de *marketing* e de um divulgador, e que, constituída a entidade, ela seria a chefona, para que ninguém um dia decidisse substituir Stênio, seu regente vitalício. Organizar tudo isso deu tanto trabalho à dona da ideia que ela nem percebeu o que ocorria com Rudi.

O superdotado, em fase de desânimo, nem tirou das malas o mundo de livros e revistas que trouxera da Europa. Ficava o tempo todo no quarto, deitado, a olhar para o teto, e seu único objeto de entretenimento era Mozart, com quem brincava, embora ele não funcionasse sob controle remoto. Quem notou, profissionalmente, essa mudança de conduta foi seu orientador, Amarante, que lhe fez várias visitas no quarto.

— O que houve, Rudi? Anda um tanto largado, o que há? Fale-me do submarino.

Rudi, sem tirar os olhos do teto, falou sem responder:

— Apareça aqui amanhã às três. Vou fazer um espetáculo na piscina.

A informação agradou o psicoterapeuta; provava que Rudi não se deixara abater totalmente pela ausência da mulatinha safada.

No dia seguinte, lá pelas três, hora em que Duducha se reunia no escritório com o maestro e dois candidatos a diretor de *marketing* e divulgador da orquestra, Rudi lançou em seu mar todos os barcos de guerra. Amarante e Olegário, trocando-se olhares que significavam "felizmente ele acordou", observavam a manobra geral.

— Muita atenção — pediu Rudi.

— O que vai fazer? — perguntou Amarante. — Um desfile de navios?

O superdotado dirigiu-se ao painel com um sorriso espremido entre os lábios, fino como uma lâmina de barbear.

— Isto — disse.

E acionando uma alavanca, fez um barco explodir e sossobrar. O ruído da explosão atraiu dois empregados da mansão, que acorreram à piscina. Rudi gostou: precisava de público. Mas não curtiu por muito tempo o êxito da operação. Voltou a acionar a alavanca, causando mais uma explosão e mais um naufrágio.

Amarante e Olegário aproximaram-se, ficando bem juntinhos.

— O que há com ele? — perguntou o mordomo.

Se Amarante respondeu, a resposta foi coberta pelo som da terceira explosão. Theodomira apareceu na piscina.

Sem olhar para a plateia, desinteressado das reações que seu ato causava, Rudi, a intervalos iguais, foi destruindo o quarto, o quinto e o sexto navio. O sétimo e último era o couraçado, o mais vistoso e pesado de todos.

Duducha, o maestro e os candidatos a diretor de *marketing* e divulgação, assustados pelas explosões, apareceram também diante da piscina, enfumaçada. Aqui houve um intervalo maior, em que Rudi fez sinal a todos, que se afastassem para não serem atingidos por estilhaços. E mão na alavanca. Novo sucesso: explosão e afundamento.

— Meu filho, o que você fez? — perguntou Duducha, pasma.

— Afundei a esquadra — ele respondeu com naturalidade.

— Vai construir outra?

Já se dirigindo para o interior da casa, missão cumprida, o almirante respondeu simplesmente:

— Não.

Duducha voltou-se para o psicoterapeuta.

— Como explica isso?

— Toda a ação inesperada requer uma explicação muito refletida. Preciso urgentemente analisar o fato.

Rudi internou-se em seu quarto e de lá não saiu o resto do dia. Sua mãe, preocupada, foi vê-lo à noite.

– Filhote, está sentindo alguma coisa?

– Estou bem, mãe.

– Alguma coisa o aborreceu?

– Nada. Como disse, estou bem.

Não devia estar: apenas saía do quarto para a refeição matinal na copa, dava uma volta pelo jardim e regressava ao quarto. Pelo interfone, pedia que lhe trouxessem o almoço. Se Amarante ou Olegário entrassem, fingia dormir. Apenas a visita de Stênio era recebida com alguma reação facial, porém com economia de palavras.

Duducha sofreu com o enigma do novo comportamento de Rudi. Por sorte tinha muito o que fazer. Além da Kremmelbein, cinco outras indústrias já apoiavam o projeto musical, número suficiente para cobrir a folha de pagamento dos músicos e outros gastos. A Prefeitura cederia teatros, espaços ao ar livre, e o Estado garantiria as despesas de hotelaria dos músicos quando viajassem. O maestro Stênio Rossi já poderia iniciar os ensaios do programa inaugural.

40 – Amarante quase sofre um colapso mas prefere dividi-lo com outras pessoas

Amarante ia em seu carro para casa levando a imagem de um derrotado. Há um mês, desde a destruição da esquadra de Rudi, pouco vira o rapaz e nada conseguira no sentido de melhorar-lhe os ânimos. O moço continuava internado em seu quarto a olhar para o teto. Se Duducha entrasse, só ou com o maestro, para falar-lhe dos progressos do plano, que ia de vento em popa, apenas ouvia, sem comentários. Se continuar assim teremos de interná-lo, pensava o psicoterapeuta, o que significaria reconhecer seu fracasso e perder o emprego. E permitindo que seu inconsciente fizesse uma piada, lamentou não tocar nenhum instrumento, oboé por exemplo, pois nesse caso conseguiria emprego na orquestra de Stênio. O carro parou diante de um sinal vermelho. Olhou casualmente para uma banca de jornais que expunha, em cores berrantes, o cartaz da última *playmate* da *Star*. Precisou um coro de buzinas para fazer Amarante movimentar seu automóvel, paralisado já na luz verde. Dobrou a primeira esquina, encostou o carro em fila dupla, correu para a banca e comprou um número da revista.

Vendo, outra vez dentro do carro, a nova *Sensação de Setembro* na capa e em página dupla, num número que trazia como oferta inclusive um sexy--óculos tridimensional, presente de aniversário da revista a seu meio milhão de compradores, que por certo se deliciariam um mês inteiro na contemplação daquela que a *Star* considerava sua maior descoberta entre as *playmates* anônimas, Amarante fez uma ousada manobra, decidindo voltar às pressas para o Morumbi, donde viera tão desanimado.

A primeira pessoa a quem mostrou a revista foi Olegário, que, rompendo sua sobriedade, agitou-se todo, dizendo palavrões poucas vezes ouvidos de sua boca na mansão.

– Mas que cadela! Que salto deu a vagabundinha! E olhe o rabo que ela tem... Viu os pentelhos? Nem a tal Bruna se mostrou tanto assim, com essas coxas abertas!

– Dona Duducha está aí?

– Estava no escritório.

– Vamos lá.

– A gorda vai sofrer um troço.

Amarante seguiu para o escritório com a revista, acompanhado pelo mordomo já reassumindo sua postura grave. A mãe de Rudi estava sozinha, à escrivaninha, fazendo contas. Não houve preâmbulos. O psicoterapeuta colocou a revista sobre seus papéis. Duducha viu a capa, abriu a revista nas páginas centrais, tudo em poucos segundos, e apenas disse:

– É ela...

– Uma sem-vergonha, não? – comentou o mordomo. – Do que livramos o nosso Rudi.

– A *Sensação de Setembro*... – murmurou Duducha.

– O mesmo título dado à tal Bruna Maldonado no ano passado. Já imaginou a cara que vai fazer se vir a revista?

– Mas ela vai ver – afiançou a dona da casa. – Compre uma revista, Amarante, e mande para ela. Hoje mesmo, para sofrer durante o mês todo. Rudi já viu isso?

– Claro que não – garantiu Amarante. – Nunca lhe mostraria.

– Pois vá ao quarto dele e lhe mostre.

– Seria sensato?

– Quem lhe disse que o sensato é o melhor? Vá. Depois lhe conto a ideia que acabo de ter.

Amarante, levando a revista, seguiu para o quarto do ex-almirante. Bateu à porta e ninguém respondeu. Teria se suicidado? Abriu-a. Rudi estava estirado na cama, olhando o nada no teto com uma persistência esvaziada de curiosidade, apenas o ato de olhar, como o de um prisioneiro ou um iogue.

– Rudi, sou eu.

Dizer a Rudi que era Amarante não ocasionava nem um piscar de olhos. O psicoterapeuta, sem mais palavras, interpôs a capa da revista *Star* entre o jovem e seu infinito. Não houve reação imediata; Rudi demorou cerca de um minuto ou pouco mais para reconhecer quem era a *playmate*. Então, pegou a revista com ambas as mãos.

— Veja também as páginas centrais – orientou-o Amarante. – Há, aí colado, um sexy-óculos tridimensional, que até agora só Claudete mereceu. E foi a escolhida para o mês do aniversário da *Star*! A nova *Sensação de Setembro*!

Vendo que Rudi se demorava demais no exame das fotos de Claudete, Amarante decidiu deixá-lo sozinho para que absorvesse o impacto na justa medida de suas reações. Encontrou Olegário no *living*.

— O que será que dona Duducha está planejando? – perguntou o mordomo. – Contratar Claudete outra vez para os serviços da casa?

— Acho que ela não viria nem com um ordenado igual ao seu – respondeu Amarante. – Capa e páginas centrais da *Star*! Isso equivale ao ápice da profissão de modelo. Vão chover contratos para ela.

— Com Bruna Maldonado parece que não foi assim.

— Por quê? Acha que foi malsucedida amigando-se, e talvez casando, com o vice duma grande empresa?

— Então, que ideia é essa que dona Duducha teve?

— Vamos até o escritório para saber.

Quando Amarante e Olegário entraram no escritório, Duducha telefonava para a agência de publicidade da Kremmelbein. Pelo seu tom de voz, não consultava, dava ordens. Afastaram-se até a antessala para que ela concluísse o telefonema. Depois, retornaram.

— Deram a revista a Rudi? – ela perguntou.

— Ele está vendo – disse Amarante. – Não disse nada, mas pela primeira vez em semanas tirou os olhos do teto.

— Vou conversar com ele.

— E quanto à sua ideia? Refere-se a quê? – perguntou, curioso, Amarante. Duducha sorriu. Mistério.

— Decidi que até para vocês ela será uma surpresa.

E acrescentou, já de pé: – Não esqueça de mandar um exemplar para Bruna Maldonado.

O exemplar da *Star* enviado por Amarante a Bruna Maldonado chegou tarde, porque logo no dia em que a revista surgiu nas bancas ela recebeu um telefonema de seu ex-companheiro de *kitch*, Maize, contando-lhe meia novidade:

— Compre a *Star* e veja quem é capa e miolo.

Bruna, sem perguntas, mandou uma de suas empregadas comprar a revista, numa apreensão própria de adivinha. Maize conhecera Claudete pelas fotos nos jornais, no caso da pasta, e comentara certas qualidades suas de modelo. Será que a fedidinha pulara tão alto? Não quis crer. Mas quando veio o exemplar, e com o *slogan* que supunha redigido exclusivamente para ela, a *Sensação de Setembro* odiou a repetição e tudo o mais. Não foi porém um ódio calado e estacionado. Bruna disse todos os palavrões de seu repertório, e com tantos decibéis que a criadagem correu a fechar as janelas. Insatisfeita, passou a chutar tudo o que lhe estava pela frente. Embora vitoriosa, vivendo em invejável apartamento, com todo o luxo e podendo gastar o que quisesses, amada por um homem de coração quase virgem, gozando o ineditismo duma estabilidade, ainda não se despregara do mundo de *flashes* que habitara, e mesmo tendo Paris e Nova York ao seu alcance, uma capa ainda era uma capa. E quem a conseguia? A negrinha que a vencera na corrida da mansão do Morumbi. Um prêmio maior, Hans, ficara com ela, mas artimanhosamente, porque a disputa, o páreo, perdera, e para uma empregadinha, humilhação que não dava para esquecer. E agora... aquilo, capa e miolo, mais sexy-óculos, tudo para a outra, a nova sensação, o tesão nacional para um mês inteiro.

Bruna resolveu não mostrar a revista para Hans, tentando acalmar-se, mas dois dias após recebia outro exemplar, pelo correio, decerto um presente maldoso de quem se divertia à sua custa, pois não tinha o carimbo de "oferta da editora". Quem teria feito aquilo? A suspeita recaiu sobre Amarante e Duducha, ou Amarante ou Duducha, enquanto seus pés voltavam a golpear almofadas, poltronas e móveis do apartamento, até afetar um de seus dedos pedicurados. Com o pé inchado e doendo, Bruna mostrou a revista a Hans na hora do almoço e, com palavras entrecortadas pelo ódio e pelo choro, contou--lhe todo o motivo de seu rancor, dos palavrões e pontapés, que não provocaria aquele estouro se não fosse o exemplar provavelmente remetido da casa da "sua cunhada gorda" apenas "para encher meu saco".

Hans beijou-lhe o dedo inflamado.

— Calma, Bruninha. Não pode ter a certeza de que foi Duducha. Ela anda muito ocupada com o espetáculo inaugural de sua orquestra, já agora na semana que vem. Aliás, você está convidada para assistir. Será sua primeira aparição pública! Estaremos lá os dois, no palanque das autoridades e patrocinadores.

Bruna reteve as dores e as lágrimas.

— Ela mandou me convidar?

— Mandou. Leve a Bruna, me disse. Uma pessoa que age assim faria tal provocação?

— Seu beijo no dedo fez bem. Está até desinchando...

41 – A *Sinfonia de setembro*

A divulgação do empreendimento musical obteve amplos resultados, porque a imprensa sempre acolhe com simpatia iniciativas artísticas de setores privados. Indústrias que se reúnem para criar e sustentar uma orquestra, promovendo a tão esquecida música clássica, conquistam de imediato o apoio dos jornais e da televisão, sendo que, nesse caso, a Kremmelbein, a idealizadora, mereceu a maior parte dos aplausos, e o nome de sua presidenta era o mais citado no noticiário. Apenas se fizeram alguns reparos à escolha do maestro da orquestra, Stênio Rossi, desconhecido da crítica e do público, ignorado até por outros regentes consultados pela reportagem.

O concerto inaugural foi num domingo de manhã, gratuito, em praça pública, onde se construiu um palanque para abrigar autoridades e patrocinadores. Uma emissora de TV e outra de rádio o transmitiriam. Muito antes do início do espetáculo, o povo começou a aglomerar-se na praça, com os olhos fixos num imenso *outdoor* coberto, que seria descerrado no final. Nesse *outdoor* seria apresentado o novo logotipo da F & H, aquele que decretaria a aposentadoria do já cansado canguru. Duducha e a agência de publicidade da empresa cuidaram de tudo secretamente. O próprio Hans, que só no final soube da produção do grande cartaz e do mistério que o cercava, fingiu ignorar o assunto, grato a Duducha, que convidara Bruna Maldonado a presenciar a solenidade e o espetáculo.

A madrasta natureza paulistana prestou sua colaboração. Era uma manhã de muito sol e muito azul, como convém ao dia inaugural da primavera. Um público jovem, usando roupas esportivas de cores variadas, chegando às centenas, deu à praça um aspecto estimulante, bonito, que os fotógrafos registraram em mil *flashes*, enquanto repórteres de jornais, rádio e televisão faziam breves entrevistas sobre a oportunidade e a importância de espetáculos populares.

Duducha partiu de sua casa no Mercedes dirigido por Olegário e acompanhada por Amarante, os três em dia de glória. Desde a tarde anterior ela vira sua mansão encher-se de flores, enviadas por amigos, industriais e bajuladores. A maior braçada trazia os votos de felicidade de Orfeu e a confissão de que ela continuava a ser a eleita de seu coração. Tiveram de empurrar e acotovelar muita gente para chegarem ao palanque, já com autoridades do ministério e secretaria da Cultura, deputados, vereadores e industriais envolvidos no mesmo evento.

O maestro Stênio Rossi, que engordara alguns quilos em sua hospedagem no Morumbi, conseguira tornar-se elegante com o auxílio de um bom alfaiate, e muito mais solto e descontraído graças ao estímulo e apoio que recebera da senhora Kremmelbein e ao bom trato que lhe dedicara seu cavalheiresco mordomo. Lépido, circulava entre as filas de cadeiras dos músicos, que afinavam os instrumentos, todos com o sorriso dos que obtêm um novo emprego.

O programa inaugural já fora noticiado pela imprensa: abriria com Villa-Lobos, depois uma peça de Mozart (homenagem não anunciada ao gato do maestro), um trecho da *Suíte Quebra-nozes* de Tchaikovsky, parte do concerto de Grieg, algo meloso de Schubert e terminaria com a *Sinfonia de setembro*, de autoria do maestro, pois o projeto musical visava também à divulgação de compositores nacionais menos conhecidos.

Hans chegou ao palanque de braços dados com Bruna Maldonado, que, debutando em nível de classe A, mandara confeccionar um vestido assinado por um costureiro incumbido de humilhar todas as mulheres presentes. Duducha, recebendo as pessoas que subiam ao palanque, com sua naturalidade sempre feita de afagos, apressou-se em cumprimentar Bruna, elogiar-lhe o vestido e apontou-lhes duas cadeiras.

— Onde está Rudi? — perguntou Bruna, vendo que se quebrava o gelo e já pisando solo familiar.

— Ele vai chegar logo com sua namoradinha...

Hans, que ouviu, admirou-se:

— Rudi, namorando!

— Ele naufragou sua esquadra. Disse que vai dirigir agora todo o seu talento às embalagens. Não duvido que será capaz de revolucionar o mercado.

Amarante, atrás de Duducha, de pé, ignorando a nova inclinação de Rudi, preocupou-se:

— Ah, ele vai para a indústria?

— Vai — confirmou a presidenta da Kremmelbein. — E você também, se quiser. As boas indústrias hoje em dia possuem psicólogos. Agrada-lhe a sugestão?

Amarante não pôde deixar de sorrir: continuava no poleiro.

— Conheço uma bateria de testes interessantíssima. Sempre desejei aplicá-la. Além de infalível na seleção de novos contratados, aumenta o rendimento dos já admitidos.

Duducha balançou a cabeça em aprovação, gesto logo seguido pelo cunhado. Tudo entrava nos eixos.

— Está chegando o nosso Rudi! — anunciou Olegário, colocando-se perto da escada do palanque com um sorriso especial para a recepção de um príncipe.

E o príncipe vinha acompanhado duma princesa! Duducha foi também recebê-la com beijos no rosto, ao mesmo tempo em que Olegário lhe beijava a mão. Amarante apenas abraçou-a. Já garantira o emprego, como se viu, e além disso fora ele que há um mês fora buscá-la na periferia, depois de ter sido o primeiro a ouvir e aprovar a ideia de Duducha. Sejamos democráticos, dissera na ocasião. E ela não é mais uma empregadinha, mas a *Sensação de Setembro*.

Ao ver o moço louro com a mulatinha, toda vaporosa num vestido azul, quase erguendo voo na catapulta de seus sapatos altos, muito alegre e à vontade, como antiga frequentadora de palanques oficiais, Bruna Maldonado apenas abriu a boca, toda paralisada. Nem percebeu que Claudete lhe tomou a mão para apertar, em sua fase social de não ressentimentos. Hans não sabia se levantava ou permanecia sentado e ninguém soube, nem ele, o que balbuciou na apresentação.

A única frase audível e muito afirmativa partiu de um dos patrocinadores, o mais velho industrial lá presente.

— Que bela moreninha! Onde seu filho foi descobrir essa prenda, Duducha? Como se dizia nos meus tempos, é de fechar o comércio!

— Se quiser conhecê-la mais detalhadamente, leia o último número da revista *Star*. Ela é a *Sensação de Setembro*! — confidenciou Duducha.

— Apenas de setembro? A revista não lhe fez justiça!

Luzes da TV iluminaram a mãe da generosa ideia promocional. Abrindo a programação, cabia à presidenta da Kremmelbein falar dos propósitos do *pool* de industriais que comandava: a criação duma orquestra fixa para levar a boa música às praças, aos teatros e auditórios, gratuitamente, a um público faminto de espetáculos artísticos de qualidade.

— Os jornalistas exageram um pouco quando falam de nosso idealismo — disse Duducha aos microfones. — Ouvidos que ouvem Beethoven também ouvirão nossas mensagens comerciais. Apenas queremos fazer da música erudita um meio de ganhar mais dinheiro. Tenho certeza que de agora em diante os nomes de nossas marcas receberão uma carga maior de simpatia, limpando um pouco nossa pecha de capitalistas selvagens. Selvagens não divulgam Bach e Mozart... Quero sobretudo agradecer a divulgação que a imprensa deu a este empreendimento e ao maestro Stênio Rossi, que o tornou possível. Voltarei no final para descerrar aquele magnífico *outdoor*. Erga a batuta, maestro!

Stênio Rossi queixara-se de não ter disposto de muito tempo para os ensaios, mas os músicos, na maioria seus conhecidos de longa data, alguns aposentados como ele, ao lado de novatos com muita vontade de afirmação, lançaram-se logo ao primeiro número, o de Villa-Lobos, com a energia de um time que disputa uma partida esportiva em dia de decisão. Por outro lado, o maestro, nisso aconselhado por Duducha, selecionara peças musicais leves, sob o domínio da melodia, a fim de não enfadar um público provavelmente não habituado a números mais complexos. A calorosa recepção, palmas intermináveis, dada ao *Trenzinho caipira* de Villa-Lobos proporcionou confiança ao maestro e a todos os músicos. Nada como começar bem. Mozart, que o cinema recentemente divulgara, manteve o clima de sucesso. A *Quebra-nozes* sempre agrada tanto, que nem se percebe se foi bem ou mal executada. Veio Grieg, veio Schubert e vieram mais aplausos acompanhados de bravos. Chegou a hora nervosa da desconhecida sinfonia de Stênio Rossi, a peça mais longa do espetáculo, mas sendo dedicada a setembro, primaveril, o público percebeu depressa que se tratava duma composição romântica e melodiosa, dessas em que os críticos detectam influências próximas. Composta por um violinista, a sinfonia dava oportunidade para o naipe de cordas mostrar seu virtuosismo, o que chegou a empolgar as milhares de pessoas postadas na praça, muitas sobre árvores e postes. Foi uma manhã triunfal, feliz, que apenas Bruna Maldonado, embora tão bela e apetitosa, não apreciou.

Após a paciente espera das palmas, luzes e microfones voltaram para a senhora presidenta da Kremmelbein, cujas reações de alegria as câmaras registraram durante o concerto. Cabia-lhe encerrar o grande *show* de música orquestral.

— Parabéns, músicos e maestro, por essa manhã gloriosa, que será a primeira de muitas outras. E como mulher de negócios que sou, não poderia perder essa oportunidade diante de milhares nessa praça e de milhões de telespectadores em seus lares, para mostrar, no descerramento daquele *outdoor*, o novo emblema ou logotipo da empresa que presido. O velho canguru, que fez conhecida em todo o país a F & H Kremmelbein, cansou, cansou-se e vai ser mandado de volta à sua querida Austrália, sendo substituído com mais cores e curvas pela imagem dum produto autenticamente nacional, considerado por muitos uma sensação.

Então, sob olhos e câmeras, enquanto a orquestra toda fazia vibrar um prolongado acorde ascensional, puxado e cutucado pela novíssima batuta do maestro, dois funcionários uniformizados da Kremmelbein, um jovem casal, descortinaram lentamente o imenso cartaz que revelava o novo símbolo gráfico da empresa.

Bruna Maldonado saltou de pé, indignada, ao lado de Amarante e Olegário aplaudindo com tanta solidariedade palmar, frenéticos, que todos no palanque e na praça os imitaram entusiasticamente. Hans, sóbrio e moderado, apenas promoveu um encontro repetido das palmas das mãos, sem produzir ruídos. Duducha abria os gordos braços para receber toda aquela massa de aplausos, como se os quisesse levar para casa num caminhão.

O novo logotipo da Kremmelbein, apresentado no *outdoor* de quatro metros de altura por dez de largura, a ser exposto nas principais cidades do país, mostrava a figura viva, em movimento, quase explosiva, duma adolescente de tez achocolatada, nua e brincalhona, alçando sua perna escultural para sair de dentro duma casca de ovo estilizada, em que predominavam as linhas e as cores das embalagens da F & H, sobre um fundo branco que ressaltava quase tridimensionalmente o conjunto de foto e desenho.

Quem vira o último número da *Star* ou o cartazete das bancas de jornais sabia de quem se tratava, e para os que não soubessem, as câmaras localizaram Claudete no palanque, inteira, em plano americano e *close*, fundindo-a depois com a travessa garota mulata saindo de sua embalagem galinácea. Foram essas imagens, a ao vivo e a impressa, uma e outra, ou fundidas, as finais do grande espetáculo matinal de lançamento da orquestra regida por Rossi e do novo logotipo da Kremmelbein.

Enquanto o povo se retirava da praça, satisfeito, Duducha descia do palanque para abraçar o maestro, e, sendo pouco, beijou-o em ambas as faces muitas vezes. O músico aposentado e recentemente detido por suspeita de envolvimento no negócio de armas, empatava com Claudete nos itens alegria e realização pessoal. Incapaz de conter as ondas de euforia que partiam de seu coração, disse à patroa:

— Só não digo que a amo porque você é uma deusa...

Apesar de a frase não ser dita em estúdio, perdendo-se um pouco ao ar livre e no espaço ruidoso, Duducha, comovida, entre o choro e o riso, deixou que a emoção falasse por ela.

— Eu também o amo, maestro. Sua *Sinfonia de setembro* me convenceu disso. Mas não diga nada agora, que estou morrendo de fome. Imagine, seria até capaz de trocá-lo por uma lasanha... Vamos todos a um restaurante.

Hans teve de cutucar muito sua Bruna para que aceitasse o convite. No restaurante, o grupo comandado por Duducha ocupou diversas mesas reunidas, ela com o maestro Stênio Rossi, que ainda não descera das nuvens. Amarante, o mais solícito de todos, era quem apontava lugares e juntava mesas, assessorado por Olegário, que talvez pela primeira vez em tantos anos sentava-se com a presidenta, incluído no *staff* de seus íntimos e a todos apresentado como seu homem de confiança. Quanto aos demais, patrocinadores da orquestra e o pessoal da agência de publicidade da F & H, tinham todos os olhos pregados na Alice crioula, a *Sensação de Setembro*, sentada entre Duducha e Rudi, a exercer com inteligência sua hipnótica atração sobre a macharia, porém com um pique gostoso de naturalidade, mantendo nariz e queixo em nível normal, sem pernosticismo. Até para Olegário olhava não ressentida, desinteressada de desforras, mas consciente, lógico, de que virara capa, página dupla e logotipo.

Se Claudete era na mesa a pessoa mais admirada, Rudi, sem dúvida, era a mais invejada. Com as mãos sempre unidas sobre a mesa ou debaixo dela, ou beijocando-se para conferir emoções, os dois tornavam público o seu amor, corações abertos como o próprio cardápio do restaurante, já sem as distâncias antigas, porque ela não era mais faxineira, nem ele, sem esquadra, tão superdotado.

Quando Duducha tivera a ideia de contratar Claudete para substituir o animal australiano, visitou o filho em seu quarto, ainda com a revista *Star* nas mãos, e disse-lhe:

— Lembra-se daquela empregadinha, Claudete? Pois bem, filho, vou botá-la no lugar do canguru da Kremmelbein, posição tão ambicionada pela indecente Bruna Maldonado. Mas, por Deus, não faça essa cara de espanto. O mundo foi feito para dar voltas. Aliás, tinha certa inclinação por ela, como me confessou uma vez... Portanto, dê-lhe toda a atenção que quiser, apareça com ela onde lhe aprouver e, se pretenderem dormir juntos, tanto pode ser aqui como em qualquer parte. Só não o aconselho a casar-se com ela. O casamento, se representa garantia para os mais pobres, é um grilhão para os mais abonados. Eu também não me casarei mais, embora sentindo qualquer coisa por certa pessoa.

— Já sei de quem se trata — arriscou Rudi.

Duducha passou-lhe a mão nos cabelos.

— Guarde o nome para si. Discrição sempre é desejável entre mãe e filho.

Terminado o almoço e esgotado o assunto do sucesso matinal, Hans e Bruna, os primeiros a sair, ela de pé vitrinando todo o seu mau humor, foram logo seguidos pelos convidados, que antes fizeram fila paciente para beijar a face do novo logotipo. Olegário, já com uma valise, viajaria de lá mesmo, do restaurante, para sua cidade natal a fim de rever parentes, e Amarante, o psicólogo da Kremmelbein, sua nova função, aliviado, decidiu comemorar tudo numa casa de massagens, pois sentia vagas dores musculares a par de menos vagas frustrações sexuais.

Stênio manifestou o desejo de rever seu apartamento, ao qual ainda não voltara desde sua saída do hospital; Duducha quis ir junto, porque gostaria de tornar a pisar o chão inicial daquilo tudo. Tocar o local onde o destino, esse noveleiro inventivo, marcara o encontro entre os dois. Desde o girar a chave e o entrar, foi uma emoção tão grande que procurou seus reflexos no rosto do outro. Duducha dirigiu-se imediatamente à janela, passou a mão no parapeito, abriu-a e olhou para fora, imaginando o trajeto do vaso homicida. Stênio também foi olhar, ambos fitando a rua no ponto onde o impacto os reunira. Próximos, encostados, e com todo aquele perfume dela melhorando o momento, o tímido maestro não resistiu ao contato de tantos macios, daquela fofura oferecida em domicílio. Sem palavras, apenas com um toque no braço, a mesma facilidade com que Rudi determinava no painel o rumo de seus navios, dirigiu e dirigiu-se com sua patronesse para o quarto, ela, dócil, porque tudo caminhara para isso, ele, excitado, a ouvir como complemento da máxima felicidade o trecho mais triunfal de sua sinfonia.

Rudi e Claudete entraram na mansão a toda a pressa, mas se tornaram vagarosos no quarto: pela primeira vez estavam lá à luz do dia, sem necessidade do silêncio e do escuro para a percepção dos seus prazeres. E não seria um fato isolado, uma concessão para aquele dia de festa, mas uma rotina. Nada mais de passos cautelosos e vassouras para se verem ou se aproximarem. Houve um abraço longo, para constatarem a realidade e seus limites sem fim. Em seguida, Claudete começou a tirar lerdamente a roupa, enquanto ele, para pesquisar as delícias de espectador, não se livrou nem da gravata. Então, toda como se mostrara na capa da *Star* e na foto do logotipo, Claudete encaminhou-se para Rudi com o sorriso e a malícia que despacharam o canguru para suas plagas, e roçando, depois esfregando-se nele, em movimentos circulares mornos e sedosos, colocou os lábios em seu ouvido, assoprando-lhe sons de atabaques, tarampantãs zulus, zabumbas congolesas, rezas vudus, ecos e mistérios longínquos trazidos pelo mar e pelo vento misturados com palavras soltas e hesitantes que não davam para entender, que não eram para entender. Tudo assim, até que Rudi também começou a despir-se.

BIOGRAFIA

Marcos Rey, pseudônimo de Edmundo Donato, nasceu em São Paulo, em 1925, cidade que sempre foi o cenário de seus contos e romances. Estreou em 1953 com a novela *Um gato no triângulo*.
Mistério do 5 estrelas, O rapto do garoto de ouro e *Dinheiro do céu*, entre outros, além de toda a produção voltada ao público adulto, estão sendo reeditados pela Global Editora.

Você pode conhecer mais sobre Marcos Rey e sua obra no *site*: www.marcosrey.com.br.

PELA GLOBAL EDITORA

INFANTOJUVENIL

12 horas de terror
A sensação de setembro – Opereta tropical
Bem-vindos ao Rio
Dinheiro do céu
Enigma na televisão
O coração roubado
O diabo no porta-malas
O mistério do 5 estrelas
O rapto do garoto de ouro
Os crimes do Olho de Boi
Na rota do perigo
Sozinha no mundo
Um gato no triângulo

ADULTOS

A última corrida
Entre sem bater
Esta noite ou nunca
Mano Juan
Melhores Contos Marcos Rey
Melhores Crônicas Marcos Rey
Soy loco por ti, América!
O cão da meia-noite
O enterro da cafetina
O pêndulo da noite

GRÁFICA PAYM
Tel. (011) 4392-3344
paym@terra.com.br